멀수록 짙은 향기

국립중앙도서관 출판예정도서목록(CIP)

멀수록 짙은 향기 : 홍옥숙 수필집 / 지은이: 홍옥숙. -- 서
울 : 선우미디어(Sunwoomedia), 2014
 p. ; cm

ISBN 978-89-5658-369-3 03810 : ₩12000

한국 현대 수필[韓國現代隨筆]

814.7-KDC5
895.745-DDC21 CIP2014017694

멀수록 짙은 향기

1판 1쇄 발행 | 2014년 6월 15일

지은이 | 홍옥숙
발행인 | 이신우
펴낸곳 | 도서출판 선우미디어
　　　　등록 | 1997. 8. 7 제 305-2014-000020호
　　　　130-100서울특별시 동대문구 장한로12길 40, 101동 203호
　　　　(장안동 우성3차아파트)
　　　　☎ 2272-3351, 3352 팩스: 2272-5540
　　　　sunwoome@hanmail.net

Printed in Korea ⓒ 2014. 홍옥숙

값 12,000원

※ 잘못된 책은 바꿔 드립니다.
※ 저자와의 협의하에 인지 생략합니다.
※ 이 도서의 국립중앙도서관 출판시도서목록(CIP)은 서지정보유통지원시스템
홈페이지(http://seoji.nl.go.kr)와
국가자료공동목록시스템(http://www.nl.go.kr/kolisnet)에서 이용하실 수 있습니다.
(CIP제어번호:2014017694)

ISBN 89-5658-359-3 03810

멀수록 짙은 향기

홍옥숙 수필집

선우미디어

책머리에

몇 번의 망설임 끝에 지금이 그때라고 생각하여
기어이 용기를 내기로 했다.
얼굴이 붉어질 정도로 부끄러운 것이 사실이고,
다 부질없다는 마음의 소리가 들리는 것도 사실이지만
더 시간이 가고나면 후회할 것도 사실이기에.

89년 문단에 발을 들였지만 나는 아무것도 아니었다.
글을 안 쓰는 사람도 아니었고,
그렇다고 글을 쓰는 사람은 더욱 아니었다.
비록 그러했을지라도,
무너지려는 나를 지탱해준 것도,
앙가슴 치며 절망에 울게 한 것도 글이었다.

끝내 버리지 못할 것임을 안다.
나 너와 끝까지 가리니,
그리하여 내 슬픔 기필코 너의 가슴에 묻으리니

여기가 어딘지는 모른다.
그러나 여기까지 혼자가 아니었음은 안다.
곁을 지켜준 그대들에게
나는 무엇 하나 줄 것 없는 빈털터리지만,
믿어주기 바란다.
그대의 쓸쓸함 앞에 내 사랑 엎드렸음을….

낙화(洛花)의 허망함이
새 생명을 위한 지극한 사랑인 줄을
어찌 모르리오.
끝 모를 슬픔으로 부대끼며 살지라도
사랑의 맹세는 굳건하리니,
우리들 그 사랑 세상 끝까지
멀수록 짙어지는 향기로 남으리라.

수필의 길로 이끄시고 서평까지 써주신 정목일 선생님
늘 옳고 바른 길을 일러주신 신일수 선생님께
고개 숙여 감사드립니다.

2014년 6월
저자 홍옥숙

| 차례 |

책머리에 ——— 4

정목일 홍옥숙의 수필 세계
　　　침묵 속에 피어난 삶의 깨달음과 향기 ——— 223

제1부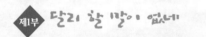

　아카시아 계절의 단상(斷想) ——— 15

　달리 할 말이 없네 ——— 21

　안양천 나무의자에 앉아 ——— 28

　판단은 천천히 ——— 34

　마산, 그 기쁘고 슬펐던 날들이여! ——— 39

　정들면 애물 ——— 45

제2부 꽃 속에 숨은 이야기

꽃 속에 숨은 이야기 _____ 53

평범한 너에게 _____ 59

차 한 잔을 앞에 두고 _____ 65

옛집 마루에 앉아 _____ 68

사천에 살면서 _____ 74

사월 _____ 78

제3부 우체국 창가를 서성이며

부처님, 참 미남이시네요 _____ 87

우체국 창가를 서성이며 _____ 95

사람 사는 이야기 · Ⅰ _____ 102

사람 사는 이야기 · Ⅱ _____ 110

보리암(庵)에서 _____ 117

점잖음을 동경하는 마음 _____ 126

전생, 그 알 수 없는 이야기 _____ 135

제4부 자족하며 물 흐르듯

친구라는 이름으로 ——— 143

유경환 선생님 ——— 149

아! 아버지~ ——— 156

자족하며 물 흐르듯 ——— 164

조 여사님 ——— 170

백련사, 그 오솔길 ——— 179

제5부 가을 노래

가을노래 · I ——— 189

가을노래 · II ——— 193

가을노래 · III ——— 196

뉴턴의 마지막 말 ——— 201

수좌(首座)는 물러서지 않습니다 ——— 207

산에 대하여 ——— 214

제1부

달리
　　할 말이
　　　　없네

얼마 전 한국에 초대된

고갱의 그림 앞에 서서 수의사를 떠올렸다.

진정한 '신의 아들'이면서도 삶에게 제대로 대접받지 못한

고갱의 일생이 그의 일생과 겹치며…

가슴을 짓누르는 그 무게에

나는 말을 잃었다.

−본문 중에서

아카시아 계절의 단상(斷想)

아카시아 꽃이 피었다. 초여름이다.

흐드러지게 피어 가지마다 매달린 꽃잎들은 마치 눈물 같다. 커다란 눈망울에 아롱아롱 맺혀서 금방 뚝뚝 떨어질 것 같은 눈물, 차마 소리 내어 하지 못하고 가슴에 맺혔던 수많은 말들이 이때쯤이면 이렇게 꽃으로 피어나는 건 아닌지….

일생에 단 한 번 찾아온 사랑, 그 이별이 이 계절이었기 때문이기도 하거니와 아무래도 나는 초하(初夏)를 애인쯤으로 여기며 사랑하는가 보다. 연초록의 잎사귀들이 진초록으로 변하는 시기, 아카시아 향기가 창가에 스미고 빨간 넌출장미마저 줄지어 피어나면 그냥 설레고 만다. 마치 애달픈 연정(戀情) 같아서 헤어져야

한다고 몇 번이나 입술을 깨물고서도 다시 만남을 기다리는 대책 없는 사랑이랄까, 아마도 그건 홀사랑일 거다.

눈 몇 번 깜박이고 나면 지나가버리는 짧은 만남이기에 더욱 애틋하게 설레는 이 마음을 어찌하지 못한다. 아니 솔직하라고 하면 어찌하고 싶지 않음이다. 다시는 돌아갈 수 없는 그곳에 돌장승처럼 두고 온 당신에게… 기다리고 기다려도 끝내 오지 않을 그대에게… 이 마음 이대로 전하고 싶다.

아아, 나는 끝까지 살고 싶다. 끝까지 설레고 싶다.

지금은 기억 저편에서 깜박이는 그때가 언제였던가. …… 아직은 어리던 날의 꼭 이맘때쯤에 한 사람과의 헤어짐이 있었다. 첫사랑이었고 끝사랑이었다. 불안한 미래를 걱정하면서도 만남은 이어져서 일 년을 조금 넘겼을 즈음, 도저히 안 되겠다는 말로 이별 통고를 해왔다. 남자의 결심이란 대단한 것인 줄을 그때 알았다. 또한 말로만 듣던 가슴 아픈 일이 내게도 온다는 사실을 처음으로 알게 된 사건이기도 하다.

마지막이던 그날의 해거름 녘 거리를 우리는 말없이 참 많이도 걸었다. 그리고 헤어졌다. 집으로 돌아오는 버스에 앉아 창밖을 보니 세상은 온통 아카시아로 덮여있었다. 흰 꽃잎들이 내 눈물과 겹쳐 흔들리며 지나가고 또 지나가고…….

　몇 날 몇 밤을 뒤척이다 담을 타고 피기 시작하는 장미를 보며 두 통의 편지를 썼다. 하나는 나에게 하나는 그에게. 무슨 말들이 있었는지는 다 잊었다. 그러나 그 절절함만은 아직도 생생하다. 두 번은 겪을 수 없는 아픔이었으며 그 시간의 나에게는 전부였으니까.

　얼마가 지난 뒤에 그에게 쓴 편지를 들고 우리가 자주 드나들었던 '노을'이라는 지하 카페에 갔다. 낯익은 종업원이 반색을 하며 봉투 하나를 내밀었는데, 놀랍게도 그의 편지였다.

　눈물로 쓰여 있었다. 평소 말수가 많지 않았던 그를 잘 알기에 행간(行間)마다 떨군 눈물이 보였다. 전화를 기다리겠노라는 대목에서는 온몸의 힘이 빠져 나갔다. 금세 문을 열고 들어 설 것 같은 환상에 시달리며 비틀거리는 걸음으로 공중전화 수화기를 몇 번이나 들었다 놓았던가!

　한 시간이 백년 같았지만 용케도 그 시간을 견디고 가져간 편지도 전하지 않은 채 돌아서 나왔다. 그의 첫 결심을 지켜주고 싶었다. 산 날보다 살아갈 날이 많을 것이므로 이 일로 죽지만 않는다면 서로 더 성장하리라는 믿음이 있었기에 이를 악물었지만, 살아서 겪는 지옥의 체험이었다.

집으로 돌아오는 길, 버스 창밖을 스치는 풍경은 이제 찔레꽃 무더기로 바뀌어 있었고 군데군데 등나무 꽃도 보이는 것이, 어느새 초여름이 끝나고 있음을 알 수 있었다. 이생에서는 다시 기약 없을 사랑처럼…. 더 이상은 울지 않았으며 그렇게 내 젊은 날도 가고 있었다.

만약 다시 그때로 돌아간다면 이제 그런 선택은 하지 않을 것 같다. 많은 성장이 있었다한들 날개 달고 하늘에 오르지도 못한 그냥 사람일 뿐이며, 무엇보다 자신에게 그토록 모질 이유가 없다는 생각이다.

초여름이 되면 아카시아 꽃이 피어 향기 날리고, 찔레꽃 무더기가 스러지는 때가 있듯이 자연스럽게 헤어지는 때가 있었을 것을….

베란다 유리창 너머로 보이는 숲에는 지금 한창 아카시아 꽃이 절정을 이루고 있다. 창을 사이에 두고 무심히 살다가도 이 계절이면 눈이 시리도록 눈맞춤을 하며 서로를 바라본다. 달콤한 향내를 풍기며 꿈을 꾸게 하는 저 꽃들도 알고 보면 나만큼이나 많은 사연을 가진 나무다.

이름마저 불분명해서 아카시아가 아니고 아카시라 해야 옳다는 것과 일제 강점기에 일본인들이 우리 산을 망치려고 심은 나무라고도 하고, 어찌나 번식력이 좋고 끈질긴지 밭고랑까지 파고드는 악질이라서 뿌리까지 뽑아버려야 한다는 말도 꽤나 설득력이 있다고 한다. 하지만 반대의견도 만만치 않아서 양봉인들에게는 훌륭한 밀원(蜜源)으로, 또 인삼농가에는 지주목(支柱木)으로도 좋으며 나뭇결이 곱고 단단하여 목재로서의 가치가 높다는 평가도 있다.

어떤 것이 맞는지는 모르겠으나 굳이 내게 의견을 묻는다면 인연이라 하고 싶다. 북아메리카 캘리포니아가 고향으로, 1897년 인천의 공원에 처음으로 심겨졌다는 아카시아는 그만큼의 인연으로 우리에게 와서 지금 함께 살고 있다면 틀린 말이 될 것인가.

요즈음의 나는 나이를 먹는다는 게 나쁜 것만은 아니라는 생각이다. 젊어서는 들리지 않던 것들이 들리고 보이지 않던 것들이 보이기 시작하는 것, 이것이 새로움이며 새로움은 기쁨일 수 있다. 인생은 자잘한 새로움의 연속이다. 왜 오래 살아야하는지를 알겠다. 좀 더 일찍 알았더라면 이라는 말들은 필요 없을 것이다. 그것마저 인연이고 때일 테니까.

아카시아 꽃말은 모두 사랑으로 이루어졌지만 조금은 서글프기도 하다. '남몰래 바치는 사랑, 아름답고 영원한 사랑, 당신은 나의 비밀스런 사랑입니다' 등…. 언제 만들어졌는지도, 누가 만들었는지도 모른다. 참 적절한 말들이다. 사람은 다 다르면서도 다 같다는 말도 이럴 때는 참 적절하다.

　창을 연다. 마침 바람이 이쪽으로 부는지 향기가 물씬 풍겨온다. 이런 날은 귀가 간지럽다. 누군가가 귀에 대고 속삭이는 것만 같은 것이다.
　"바보야, 삶은 달콤한 간지러움이야."라고.

달리 할 말이 없네

—늙어가는 친구를 보며

그는 나의 친구다.

나이로 치자면 20년 연상이고 족보로 따지자면 시가 쪽 7촌 조
카지만, 그리고 이제껏 친구하자는 등의 말을 해본 적은 없지만
심정적으로 분명히 우리는 친구다. 30년도 넘는 세월을 가까이
지내며 세상 사람들 중에 몇 안 되는 말이 통하는 사이로 살았으
니 친구라 할 만하지 않겠는가.

어떤 경우에라도 너라면 옳을 것이라는 믿음이 있는 사람, 어떤
순간에도 기꺼이 서로의 편이 되어줄 수 있는 사람을 나는 친구라
고 부른다. 결국 혼자 울어야하는 것이 인생이라 해도, 나를 알아

주고 믿어주는 사람이 있기에, 나 또한 그들에게 그런 존재이기에, 마음을 다잡고 우리는 다시 일어설 수 있는 것이다.

말이 통한다는 것, 그것이 어디서 비롯되는지… 생각해본 적이 없기에 근원을 나는 알지 못한다. 그러나 분명한 것은 대화중에 공감을 넘어 충족감을 주는 상대가 아주 가끔이지만 있다는 사실이다.

그들과의 대화는 나로 하여금 삶의 기쁨에 떨게 한다. 이슬에 젖었던 나팔꽃이 아침햇살에 피어나는 순간 같다고나 할까? 깨어날 기약 없이 영원 속에 잠들어 있던 내 안의 무엇인가가 그들을 통해서 깨어나는 것, 그것은 초라하기 그지없던 내가 비상의 날개를 펴는 순간이며 삶이 꿈을 만나는 순간이다.

지금 돌이켜보면 웃음밖에 나지 않지만, 도시에서만 길들여진 사람이 시골생활을 받아들인다는 것이 큰 충격이던 때가 있었으니 바로 새색시 시절이었다. 산골은 아니고 면소재지 정도의 반촌이었으나 왁자지껄한 거리의 소음이 그리웠던 나는 문화의 충격으로 나름대로 외로운 날들을 보내고 있었다.

그러던 어느 날 저녁에 한동네에 사는 집안 조카의 집에 식사초대를 받았는데, 그 조카가 그날 이후로 지금까지 친구가 되었다. 아직은 수줍은 새색시를 '아지매'라고 부르며 무서운 인상과는 달리 우리 집안으로 시집온 것을 환영한다며 살갑게 웃어주던 그는, 그 동네의 수의사였다.

　나이로 따지면 거의 아버지뻘이지만 엄연히 조카인 그의 호칭을 나는 그냥 '수의사'로 불렀고 서로 존댓말을 쓰면서도 편한 사이가 되었다. 그러면서 내 아이들이 태어나자 '수의사 오빠' '수의사 형님'이 되었다.

　서로 바쁜 생활이었지만 어쩌다 마주치면 우리의 이야기는 자꾸 길어지기 일쑤였다. 나는 그의 입을 통해 나오는 말들이 놀라웠고 세상의 어떤 책보다도 지혜롭고 감동적으로 받아들여졌다. 주로 내가 묻는 형식이었지만 우리는 동감이었다. 서로를 알아본 것이다. 한동네에서 십수 년을 함께 살며 교류했다. 수많은 대화를 나누었고, 그 대화를 통해 세상을 재해석하기도 하면서, 못나고 부족한 대로 오늘의 내가 되었다고 여긴다.

　성별과 나이 차이 말고도 우리는 많이 다른 편이다. 나는 지극히 종교적인 반면, 정신이 많이 흐려진 지금도 그는 종교라면 질색을 한다. 전기와 핵이 사람의 머리에서 만들어졌듯이 신(神)도 그러하다는 생각을 끝까지 고수하고 있다. 직업상 축사를 가기 위해 봄비라도 내리는 날 시골길을 달리게 되면 수많은 개구리들이 자신의 차에 치여 죽는데, 사람 또한 그 이상도 이하도 아니라는 지론이다. 이렇게 다르면서도 서로를 인정했다. 기꺼이 인정하고 싶었고, 다름을 인정할 수 있는 사람이 있다는 것을 기뻐했다.

그 나이에 명문고를 나와 대학을 졸업했으니까 시골에서는 흔치않은 엘리트였다. 그러면서도 소위 시골에서 말하는 유지행세를 하지 않는 모습이 좋게 보였다. 자신밖에 모르는 사람이라는 등의 말이 돈다는 것을 알면서도 신경 쓰지 않는 것도 좋았다. 사실 티를 내지는 않았지만 생활이 궁핍했다는 것을 나는 알고 있었다. 남매를 두었던 그가, 아들이 중학교에 들어갈 무렵 시골 수의사 수입으로는 아무래도 자식 교육을 마음대로 시킬 수 없다며 의대편입을 심각하게 고민했었다. 물론 불발로 끝났고, 지금은 개업의가 된 아들은 최상위의 성적임에도 불구하고 우리가 살던 동네에 있던 시골고등학교를 가야했다. 어렵게 지방의대를 나와서 서울대병원에서 레지던트를 마친 아들이, 그해 레지던트 시험에서 전국 수석을 한 것은 그의 인생에서 기념비적인 일일 것이다.

이제는 도시의 부촌아파트에 살며 더 이상 생활고에 시달리지 않지만, 어느 날인가 술에 취한 아들이 털썩 주저앉으며 하던 말,

"아버지는 명문고를 나왔는데 저는 뭡니까?"

어느 사회에서나 학연이 중요하기에 알게 모르게 부담감에 시달리던 아들의 취중진담이었다. 아무 말도 할 수 없었다는 고백이다.

초등학교를 졸업하자 배고픔을 해결하기 위해 친척집 가게에 맡겨져서 허드렛일을 하던 그는 18살이 되고서야 중학교에 입학했고, 23살에 고등학교를 졸업했으며 형편상 전액장학생으로 농대 수의과를 나와 수의사가 되었다.

당연히 아무것도 가진 것 없는 노총각이었지만, 사람 됨됨이를 높이 산 고교 친구가 자신의 여동생을 소개했으며, 그리하여 남의 집 사랑채에 동물병원 간판을 달고 우리가 함께 살았던 동네에 정착하게 되었다.

사람의 복이라는 게 뭔지는 모르나 오랫동안 지켜본 바로는 다른 것은 몰라도 처복과 자식복은 갖춘 것으로 보인다. 10살이나 연하인 아내는 미인에다 그야말로 현모양처이며 아들딸 모두 평균 이상으로 잘 성장했으니까.

하지만 인생을 잡고 물어 볼 수도 없고, 어디가 시작이고 어디가 끝인지도 모르는 영원한 물음이 내 친구 수의사에게도 예외는 아니었다.

성적이 좋았기에 서울대병원에 남을 수 있었던 아들이, 부모가 있는 고향의 인근도시 종합병원에 근무하기 시작했을 때쯤 그는 위(胃)의 전부를 들어내는 대수술을 받아야했다. 위암이었다. 이제 마음 놓고 큰 숨을 한번 쉬려는 순간이었고, 애써 외면만 하던 자신의 꿈에게 말을 걸려는 순간에 모든 것을 걸고 싸워야하는 불행이 덮친 것이다.

인생의 터닝포인트가 되어버린 그 사건 이후, 아직은 젊은 나이임에도 수의사는 그냥 힘없는 할아버지가 되어갔다. 멋진 할아버지여도 슬플 텐데 이제는 몇 마디 말에도 울먹이는 못난 할아버지가 되어 버렸다. 그림은 말할 것도 없고 음악적인 재능과 빛나는 감성, 더구나 올곧은 성품까지 갖춘 이의 인생이 이렇게 속절없다는 것은 정말 받아들이기 힘이 든다.

아내의 헌신과 의사아들의 보살핌으로 10년이 넘은 지금까지 조금 정신이 흐려진 것 말고는 별 탈 없이 지내긴 한다. 그렇지만 볼 때마다 안타까운 마음을 어쩌지 못하겠다. 답이 없는 게 삶이라지만, 내게 어떤 해법이 있는 것도 아니지만, 그래도 이건 아닌 것 같다는 생각을 떨칠 수가 없다. 꿈꾸지 않고 하루하루 연명하는 게 삶이라면 이 얼마나 가혹한 형벌이란 말인가. 늙고 병드는 것은 누구라도 피할 수 없는 일이지만 정신을 놓아버리는 그 순간까지 우리는 좀 더 장렬(壯烈)해야 하지 않을까. 우수했던 인재가 속절없이 스러져가는 모습을 보는 마음은 너무나 아리다.

그는 이제 내가 알고 기억하는 예전의 그 수의사가 아니다. 물론 계곡물 소리보다도 맑았던 대화도 더 이상은 없다. 그래도 시간이 허락하는 한 그의 집에 드나들며 같이 밥도 먹고 차도 마시고 울기도 웃기도 한다. 여름 한낮의 계곡물처럼 청아했던 대화들이 사라졌다 해도 옛날은 살아있고, 그러한 한 언제까지나 그는 나의 친구니까.

얼마 전 한국에 초대된 고갱의 그림 앞에 서서 수의사를 떠올렸다. 진정한 '신의 아들'이면서도 삶에게 제대로 대접받지 못한 고갱의 일생이 그의 일생과 겹치며… 가슴을 짓누르는 그 무게에 나는 말을 잃었다.

달리 할 말이 없네
방안으로 들어온 별에게
잠시나마
내 그림자를 만들게 할 뿐
달리 할 말이 없네
흔들리는 나뭇가지를 바라보다가
문턱을 넘어
그 그늘아래 주저앉을 뿐
　　　― 허 행 〈달리 할 말이 없네〉

안양천 나무의자에 앉아

갈대밭 속 나무의자에 앉아 하염없는 시간을 보낸다.

물 흐르는 소리, 갈대 끝을 스치는 바람소리, 징검다리 건너는 아이들 소리…. 어쩌다 날아오르는 왜가리 소리, 하늘가로 퍼지는 소리 소리들…. 귀 기울이니 마치 기막힌 화음의 아카펠라 같이 감미로우면서도 엄숙하다. 그 소리들 속에서 그들과 함께 나 또한 하염없이 흐르고 날아오르며, 스스로 그러한 것들[自然]의 의미가 새롭게 다가선다. 사랑도 인생도 스스로 그러하거늘 온갖 문제들을 우리 자신이 만들어가며 그 안에서 울고 웃고 뒹굴며 살고 있는 건 아닐까. 세상은 빛으로 가득한데도 힘들여 흙탕물을 퍼 올리고 있는지도 모를 일이다. 진정으로 삶은 경이롭다. 거미에게도 송사리에게도….

바람이 분다. 갈대들이 일렁이고 그 소리에 묻혀 흐름을 멈춘 듯이 소리 없는 맑은 물위로 잔물결이 일며 나뭇잎이 떨어진다. 계절이 바뀌는 이즈음에 떨어지는 저 잎들은 어디를 맴돌다 다시 흙이 되려는가.

바람 불어 일렁이며 수런대는 갈대들 속에서 그들과 함께 끝없는 이야기들을 수런대고 싶다.

먼 길을 걸어왔다. 뒤돌아보면 아득하기만한 길이다. 그 길 위에서 등짐을 내려놓고 마음 편히 쉬어본 적이 몇 번이나 있었던가. 늘 불안하고 소심했으며 얼굴 찡그린 내가 저만치 보인다. 힘겹다고, 주저앉고 싶다고 마음껏 투정부릴 사람이 한 사람만 있었더라면 나는 정말 너그럽고 황홀한 사람일 수도 있지 않았을까.

그랬었지. 나무 끝에서 우는 바람소리 같았었지. 어디에 손을 뻗쳐도 손끝 하나 닿지 않는 외로움을 온몸으로 견뎠었지. 봄 햇살도 가을 낙엽도 모두 서러운 날들이었지만 언젠가는 그리움으로 남으리라는 믿음이 마음의 숲을 이룬 시간들이었다는 걸 늦게 알았다. 나무 끝 위태로운 내 안에 숲이 있었다는 사실을 그때는 몰랐었다. 예나 지금이나 달라진 것도 달라질 것도 없는 그 이치,

지금 이 순간이 모든 것인 줄을 정말 몰랐었다.

　그러나, 그러나…… 전부를 몽땅 걸고서 최후의 선 앞에 서보지 않았다면 어찌 알았겠는가. 좋다고 자랑할 것도, 힘들다고 절망할 것도 없는 것이 삶의 길이라는 것을 말이다.

　우리는 흔히 시련과 장애가 없는 것을 복이라 여기지만 뼈아픈 시련이 진정한 복이라는 사실을 아는 사람은 안다. 빛나는 세상은 언제나 그대로인데도 폭풍우 속 나무 끝에 매달려 처절히 울어본 자만이 그 풍요를 안을 수 있음이다.

　그것은 마치 흑백영화의 정지된 화면 같다.

　진눈개비 흩날리던 마산역, 자꾸만 뒤돌아보며 개찰구를 빠져나가던 딸의 뒷모습은 그대로 정지된 채 지금도 나를 슬프게 한다. 스스로 지탱하고 서있기조차 버거웠던 못난 엄마였던 나, 나를 미워하며 서있었던 그 영원 같았던 순간……. 그렇게 아무런 연고도 없는 곳으로 떠나며 아이는 또 얼마나 두렵고 막막했을 것이던가.

　딸은 사범대 출신이 아니었다. 그래서 사범대 가산점이 적용되지 않는 경기도를 택해 임용시험을 보러간 것이다. 낮에는 학원 강사로 밤에는 대학도서관에서 시험 준비를 했던 딸이 몇 번이나

지하노래연습장에서 울었다는 얘기는 요즈음에서야 듣는다. 충분히 그랬겠지. 한 치 앞도 분간할 수 없는 폭풍우 속에서 딸은 딸대로 나는 나대로 서로의 나무 끝에서 울었으니까.

지난시간은 다 용서되어야 한다는 말을 수긍한다. 어떤 상처이든 그냥 안고 쓰다듬어야 한다. 세상에는 똑똑한 사람도 많지만 나같이 늦되는 사람도 있는 것이니 지금이라도 안다는 것을 감사히 여길 일이다.

유명작가의 글에 '괜찮아. 괜찮아'라는 것이 있다. 지난날 그때로 돌아가 머리를 쓰다듬으며 괜찮아, 괜찮아 하며 나를 용서하라고 한다.

어찌 아니겠는가. 자신과의 눈물의 화해 없이 우리는 어디로도 갈 수 없을 것이다. 돌이켜보면 누구도 가지 않은 나만의 길을 걸어왔다. 철없고 미련했을지라도 그때는 최선이라 생각했었고 또한 충분히 수고로웠다. 무엇이 성공이며 무엇이 실패라고 할 수 있을까. 설령 그것이 죽음에 이르는 길이라 할지라도 소중한 길이었음을 내가 인정할 수 있다면 그것으로 된 것이다. 어떠한 순간이 와도 포기해서는 안 되는 것이 삶인 이유는, 그래도 이 길 위에 영원의 길이 있음을 믿기 때문이다.

어떤 면에서 남의 말은 다 거짓일 수 있다. 만약 인생에 답이 있다면, 울며불며 스스로 찾아낼 수밖에 없다. 아무리 힘들어도 결국은 지나가고 그 자리에 나만의 법(진리)이 꽃으로 피어나면, 그것이 전부가 되어 이제까지와는 다른 또 하나의 삶으로 나아갈 수 있다.

천을 따라 즐비하게 늘어선 아파트들, 저기에 내 딸이 그녀의 딸과 함께 노랑부리를 비비며 산다. 그래서 평생 스칠 일조차 없을 줄 알았던 안양천에서 나는 이렇게 한가롭지만 고향을 떠나 여기에 뿌리를 내린 딸이 못내 안쓰럽다.

4월이면 창원의 벚꽃을 그리도 사랑하던 아이였는데…. 어디라고 벚꽃이 피지 않을까마는 그래도 남쪽의 향내가, 고향의 벚꽃향기가 꿈에도 그리울 것임을….

세월이 흐르고 나는 캔디할머니가 되었다.(손녀가 그렇게 부른다.) 할머니란 사실이 믿기지 않은 것도 잠시, 손녀의 재롱에 함박웃음 웃는 할머니다. 호랑이 담배 피우던 그 시절부터 이렇게 대를 이어 할머니가 된다는 것은 참으로 위대한 슬픔이요 환희라고 나는 말하리라.

조금 후면 손녀가 어린이집에서 돌아오고 곧이어 딸이 온다. 해질녘의 안양천을 손을 잡고 걸으며 우리는 노래를 부르겠지.

얼마 걷지 못하고 손녀는 업어달라 할 것이고, 등에 업힌 아이
는 혀 짧은 소리로 내가 가르쳐준 '들장미소녀 캔디'를 열심히 부
르며 함께 소리 내어 웃을 것이다.

그래, 모든 것은 지나갔어도 또 여기에 있다. 멀어져간 시간들
은 짙은 사랑으로 남아 오롯이 이 순간의 우리 되어 있음이어라.

어제도 오늘도 그리고 내일도….

판단은 천천히

때로는 경험도 다가 아니다.

간간이 실감하면서도 여지없이 또 헛다리를 짚고마니, 과연 언제쯤 제대로 된 인간이 될 수 있을지 기약이 없다 하겠다.

실로 이 문제는 모르는 바가 아니었다. 오래전 〈금강경〉을 읽다 '무유정법'이라는 구절에서 화들짝 놀라는 순간에 이미 알았던 터가 아니던가. 눈시울까지 적시며 감격에 겨웠던 일이 생생하건만 막상 일이 닥치면 허둥대며 딴 짓, 딴 생각을 하게 된다. 세상의 일이란 영원한 것이 없듯이 정해진 바 또한 아무것도 없는 것을 머리로는 알면서도 그렇다.

지금까지의 경험에 의하면 나는 늘 손해 보는 사람이었다. 이것은 상대방이 특별히 나빴다거나 악질이었다기보다는 순전히 내 탓이었을 가능성이 크다. 평소에는 목소리가 크고 떠들기를 좋아해서 뇌를 통과하지 않은 말들을 마구 쏟아내면서도, 정작 싸워야 하는 일이 생기면 자신감부터 잃어버리는 못난이가 된다. 뭐라고 할까, 약간은 두렵기도 하지만 그것보다는 귀찮은 것을 딱 질색으로 여긴다. 그래서 손해 보지 않겠다고 덤비는 이들에게 다 승리의 기쁨을 안겨주었다. 그렇다고 좋은 사람이라는 소리를 듣는 것도 아니니까 그냥 못났다고 할 수밖에 없겠다.

태어나서 한 번도 이겨본 적이 없는 인생, 아니 맞서서 싸워보지도 않은 인생이었다. 싸울 일이 생기면, 특히 돈 문제일 경우에는 '너 다해라' 하고 그냥 털고 일어서버렸던 탓에 손실을 감당했던 것은 당연한 것이었고, 그것도 한두 번이 아니었으니 계산해본 적은 없지만 지금껏 입은 금전적 손해만도 꽤나 되지 싶다.

손해를 감당하고서라도 맞서서 싸우는 것을 피했다. 그러했으므로, 돈에 관한한 누구라도 원초적 본능의 이빨을 드러내더라는 것이 그동안 이룩된 일관된 관점이었다.

사실 '돈이 무엇인가' 하는 것은 '인생이 무엇인가' 하는 것과 크게 다르지 않다고 보여진다. 그렇지만 사람들은, 아니 우리는 인생이 무엇인지는 몰라도 돈이 무엇인지는 확실히 안다고 믿는 것 같다. 믿음이란 마치 눈앞의 사과같이 이미 실상(實像)이기 때문에(성경말씀이다.) 이 문제는 애초에 사람을 나무랄 성질의 것이 아니고, 생활인으로서는 부족한 나의 문제라고 봐야한다.

그런데 근래에 이런 관점을 뒤엎을만한 일을 겪으며 경험내지는 견해가 얼마나 위험한 것인지를 돌아보게 되었다. 예전과 같은 일이 생겼다고 해서 결과가 같으리라고 단정하는 것은 섣부른 판단이라는 것을 알게 되었기에, 이번 일로 해서 좀 더 신중한 사람이 되라고 스스로에게 지금 타이르고 있는 중이지만, 앞으로도 십중팔구 똑같은 실수를 저지를 것 같아 미리 한심하다.

부산에 있는 동생의 아파트에서 생긴 일이다.

아버지의 병환으로 동생 집을 자주 드나들게 되면서, 그날 아침도 무슨 일이가로 몹시 바빴다. 주차장에서 차를 빼어 아파트 입구로 나오니 앞차가 좌회전 신호를 켜고 서서히 진행 중이었으므로 우회전 신호를 켜고 앞 차가 빠지기를 기다렸다. 그런데 갑자기 앞의 차가 후진을 하며 내 차와 충돌하는 사고가 나버렸다. 확실치는 않지만 아마 나는 그때 옆자리의 동생과 심각한 대화중이었을 것이다. 순식간에 벌어진 일이라 미처 차에서 내리지도 못하고 있는데 먼저 차에서 내려 내게로 온 40대 중반의 남자가, 정말 미안하다며 자기는 401호에 사는 사람이니 번거로우시겠지만 정비소에 넣고 연락을 주시면 모든 책임을 지겠노라며 고개를 숙이는 모습이 정중하기까지 했다.

연락처를 받아들고 나는 한참동안 멍했다. 이제껏 대여섯 번의 접촉사고가 있었지만 이런 경우는 처음이었다. 후진한 차가 100%의 책임이 있는 것인지? 그런 것은 모른다. 그렇다고 해도 한마디 투덜거림 없이 오히려 미안하다고 한다는 것은 신기하고 황당하기까지 한 일이었다. 남녀를 불문하고 대부분 인상을 쓰고 차에서 내리는 것부터 시작해서 따지고 덤비는 것이 예사가 아니던가. 물론 한마디 하기는 했다. 그것도 웃으면서, "클랙슨을 한번 눌러주셨으면 좋았을 텐데요."

급한 대로 볼일을 보고 있는 동안, 보험회사에 접수해 놓았다는 그의 문자가 오고 곧이어 보험회사에서도 연락이 왔다. 정비소에 차를 넣으니 렌터카 비용까지 합하면 견적이 400만원이 넘는다고 했다. 고맙고 미안하다는 전화라도 하고 싶었으나 정비소에서도 말리고 주위사람들도 말리는 바람에 그냥 시간을 보내게 되었고, 일주일 후에 렌터카 직원이 집으로 차를 배달해주는 서비스까지 받으며 일이 마무리 되었다.

세상에는 나쁜 사람보다는 좋은 사람이 많다고들 한다. 하지만 자신의 이익 앞에서는 모두가 상대하고 싶지 않은 나쁜 사람이라는 결론을 가지고 있던터라 이번 일을 겪으며 생각이 많아졌다. 이제껏 겪었던 일들을 억울해하며 상대를 미워했다는 것이 내심 부끄럽기도 하다.

우리는 나름대로의 판단에 의한 결론을 가지고 있고, 그것이 절대적으로 옳은 것이라 여기지는 않는지 돌아볼 일이다. 부득이 하게 내가 꼭 결정해야할 경우가 아니라면 판단은 천천히, 늦을수록 좋을 것이며 어쩌면 많은 것들의 판단은 우리의 영역(領域)이 아닐 수도 있는 것이다.

세상에서 우리가 미신이라고 불러야 하는 것은 '나의 견해'뿐이라고 틱 낙한 스님도 말하지 않았던가.

우리가 중생(衆生), 다시 말해 완성을 향해 나아가는 유정(有情)이라면 '내 생각'이라는 것은 언제까지나, 어디까지니 설익은 것일 수밖에 없을 것이므로….

마산, 그 기쁘고 슬펐던 날들이여!

오랜만이다.

예전과 조금도 다르지 않은 '창동분식'의 우동과 김밥을 먹으면서 못내 감회가 새롭다. 찌그러졌던 냄비가 새것으로 바뀌고 옛날 간간히 마주치던 총각이 중년 티가 날 법한 새 주인이 되어 바쁘게 움직이고 있으니 참 많은 시간이 흐르긴 했다. 하기야 그때 초등생이던 막내가 30살씩이나 되어 엄마를 대접한다고 지금 이렇게 마주 앉았으니 말해 무엇하겠는가. 지금의 주인도 예전 할머니의 막내아들로 보인다.

골목 깊숙한 곳에 자리하고 있을 뿐더러 상권을 많이 뺏겨버린 곳이면서도 문을 닫지 못하는 것은 나 같은 만년단골들이 꾸준히 찾고 있는 이유도 있을 것 같다.

　언제던가 일본에서 겨울을 나게 되었을 때, 늘큰한 국물의 일본 우동을 먹으며 나는 이 집의 김밥과 우동이 얼마나 그리웠는지 모른다. 이 골목의 냄새까지도 그리워서 골목길을 걸을 때면 코를 킁킁거리기도 했었으니까.

　마산은 골목문화의 대명사다. 그래서 근대역사의 격랑 속에 마산이 움직이면 막을 수 없다는 말이 생겨났다고도 한다. 물론 마산사람들의 기질도 있겠지만 골목들이 차지하는 비중이 그만큼 크다는 말이다. 지금은 합성동에 그 자리를 내어주었으나 오랫동안 번화가의 자리를 지키던 창동거리는 특히 골목들로 유명한 곳이다. 거미줄 같은 수많은 골목에서 문화와 사랑의 꽃이 피어났었다. 허나, 모든 것이 제행무상(諸行無常)인지라 언제부터인가 사람들의 발길이 뜸해진 지금의 골목들은 흘러간 영화의 포스트를 연상시키고 있다.

　골목마다 사람들이 넘쳐나고, 거기에 들어앉은 찻집과 상점마다에도 사람들로 채워지고, 더구나 예술인들의 아지트였던 고모령이 있던 창동골목, 그 골목들이 아련하다.

　스스로 창동허새비라 칭하며 뒤틀린 몸으로 골목을 누비던 뇌성마비 시인 이선관, 문예지 추천이나 신춘문예 같은 어떠한 형식도 취하지 않고 문단에 나왔으며 비록 장애를 가진 몸이었으나 온몸을 바쳐 세상의 부당함과 불의에 저항하는 글을 썼던 시인이다. 마산의 변두리인 추산동의 월셋방을 전전하며 외롭게 살다간 그였지만 〈애국자〉를 비롯한 주옥같은 그의 시는 앞으로도 오랫동안 읽는 이의 가슴을 뜨겁게 적실 것임을 의심하지 않는다.

또 한 사람, 강원도 홍천에서 마산으로 내려와 홀어머니를 모시기 위해 리어카 행상까지 해가며 비오는 날이면 어김없이 창동골목에 나타나던 최명학 시인, 오로지 재능만으로 비중이 묵직한 ≪월간문학≫ 추천시인이었던 그는 50중반의 나이로 아깝게 생을 마쳤지만 감성 짙은 그의 시 〈소곡(小曲)〉은 알게 모르게 지금도 많은 이에게 사랑받고 있음이랴.

사람이 사람과
사는 이것이
얼마나 아름다운지
아는 사람은
알 일이다.

꽃이 저를 흔드는

바람의 뜻을 모르듯

사람은 사람이

곁에 서 있는

뜻을 모른다.

흔들흔들 흔들리며

꽃이 살아 있듯

부대끼는 슬픔으로

사람은 산다.

　　　　　— 최명학의 〈소곡(小曲)〉

　언제 읽어도 새롭게 일어나 흔들리는 삶의 슬픔, 그리고 사랑의
슬픔이여! 그는 자신의 시처럼 살았고, 또 그렇게 갔다.

　그리고 '달빛사냥꾼'이라 불리며 늘 술에 취해있으면서도 정곡
을 찌르는 말로 곧잘 사람을 당황시키던 허청륭 화백이, 그 날도
술이 취한 채로 이 골목의 어디에선가 나에게 던진 말,

　"수필도 문학입니까?"

　나는 이들에게서 향기를 맡았다. 진한 삶의 향기, 사람의 향기
였다. 생각컨대 그것은 내 젊음의 향기와 다르지 않음이다. 분명

기쁜 날들이었고 소중한 날들이었음에도 덜 아문 상처같은 아픔도 있다.

겉포장은 그럴듯했기에 아무도 눈치 채지 못했지만 사실은 정신과 상담을 받을 만큼 그즈음의 생활은 늘 불안 초조의 연속이었다. 지금도 환영처럼 보이는 것은, 쓰라린 위를 움켜쥐고 장군동의 우리 집 뒤에 있던 내과병동 복도에서 이름이 호명되기를 기다리며 유령처럼 앉았던 내 모습이다. 수면내시경도 없던 시절, 일년에 두 번씩은 위내시경검사를 받으며 괴로움에 몸서리치던 날들이었다.

계절이 오는지 가는지도 잊고 살았다. 그날도 병원진료를 마치고 약국 앞에서(그때는 병원 안에 약국이 있었다.) 약이 나오기를 기다리며 무심히 창 너머를 바라보다가 깜짝 놀랐다. 병원 뜰에 서 있는 나무들의 노랑 빨강 잎들이 바람에 우수수 떨어지고 있는 것을 보았으며 그때 내 입에서 흘러나온 말,

"아, 가을이구나!"

듣기에 따라서는 아무것도 아닐 수 있지만, 나의 상심 내지 상처는 눈물이 고일 정도의 큰 것이어서 젊은 나이에 왜 이렇게밖에 살지 못하는지 한탄치 않을 수 없던 날들이었다. 그러면서도 꾸준히 창동골목을 드나들면서 이 집의 우동을 먹으며 아무도 알아주

지 않는 글을 썼다. 그것은 어쩌면 절벽으로 떨어져버릴 것만 같은 위태로운 삶의 유일한 외줄 같은 것이었다. 사랑이었으며 삶이었으며 그밖의 모든 것이었다.

그렇게 마산에서의 시절은 아름답고 기쁘면서도 한편으론 슬픈 것이었는데, 지금에 와서 생각해보니 그때가 인생의 황금기였는지도 모른다는 생각이 든다.

사랑은 가도 옛날은 남는 것이라 했던가. 세월은 갔어도 창동골목에서의 수많은 추억들을 떠올리면 방금 놓쳐버린 버스처럼 손에 잡힐 듯 아쉽고 애틋하기만 하다.

마산, 그 기쁘고 슬펐던 날들이여!

위태롭던 청춘이여!

정들면 애물

처음으로 이 말을 쓴 이는 누구일까?

속담이란 것이 언제 어떻게 생겨났는지는 누구도 모르지만 거의 진리에 가깝다는 느낌을 받기도 한다. 마치 삶을 관통하는 화살 같으면서도, 한편으론 내 거처(居處) 같은 편안함도 있다. 민중속에서 나고 자란 이 말들이 가지는 의미는, 우리가 제각각의 모습으로 이리저리 살지라도 너와 나의 가슴속에 있는 마지막 말은 같다는 뜻이라고 여겨진다.

정 때문에 아프고 그르친 일이 어디 한두 번이더냐. 그래도 후회하지 않는다. 그것이 마침내 내가 귀한 존재임을 알게 했으며, 울면서 힘든 고개를 넘을 때마다 번데기가 나비가 되듯 모름지기 사람의 꼴을 갖추어 갔으니까. 그러기에 너와 나의 마지막 말이

같듯, 정에 울고 웃는 우리 모두는 결국 하나인가보다.

정든 사람과의 이별 앞에서 코 박고 울어보지 않은 이가 어디 있을까. 꼭 사람과의 별리가 아니라도 어린 시절에 겪을 수 있는 아픔으로는 반려동물과의 사연이 있을법하다. 정을 떼지 못해 식음을 전폐하고 신음해본 이가 어찌 내 아이들뿐이겠는가. 나는 엄마가 되고서야 어린 자식들과 함께 호된 경험을 치렀다. 그래서 불에 덴 듯한 흔적을 지금도 가지고 있다.

그 애의 이름은 망치였다.

동네에 사는 강아지를 좋아해서 어쩔 줄 몰라 하는 아들에게 그 집에서 새끼 한 마리를 선물로 주었다. 겨우 눈만 뜨고 우리에게 온 날에 '망치'라는 이름이 붙여졌는데, 그때 텔레비전 속에서 백일섭 씨가 불러대던 강아지 이름이었다.

망치는 순해서 짖을 줄도 몰랐다. 모르는 사람이 나타나도 꼬리를 흔들며 쫓아다녔다. 아이들이 다함께 목욕을 시키고 서로 자기 방으로 데려가겠다고 야단법석을 피우기도 하면서, 망치는 어느새 우리의 가족이 되었다.

문제는 남편의 깔끔함이었다. 아니 그보다는 깔끔하지 못한 내 탓이 더 컸다고 해야 맞겠다. 아무튼 마음 상할 일이 자꾸 생기다 보니 견디기 어려웠다.

어느 날 아침 망치는 남편의 차에 실려 떠났다. 당시에 우리는 농장을 경영하고 있었기에 거기에 데려다놓기로 합의를 보았다. 영이별이 아니라는 것에 그나마 안도하는 마음이었는데 농장에서 1km남짓 떨어진 곳에 살고 있던 조카가 키우고 싶다며 데려갔다고 했다.

　아이들과 함께 망치를 보기위해 조카네 집에 간 것은 2개월쯤이 지난 후였다. 시간이 꽤 지났는데도 망치는 우리를 보고는 좋아서 어찌할 바를 몰라 했다. 왜 그런지 다 커서 간 놈이 변해 있었다. 몸집은 그대로인데도 없던 쌍꺼풀이 생긴 것을 비롯해 전반적인 표정이 바뀌어버린 것이, 그렇잖아도 아픈 마음을 더욱 짠하게 만들었다.

　우리는 서로에게 첫정이었다.

　사람이었다면 아마 부둥켜안고 울고도 남았으리라. 망치를 데리고 그날은 농장에서 함께 지내며 회포를 풀었다. 다음날, 어디까지고 쫓아오는 망치를 조카가 안고 서있는 모습을 차창 너머로 보며 돌아왔다.

　망치가 없어졌다는 전화가 온 것은 그리고 며칠 후였다. 농장에 가보니 놀랍게도 망치는 그날 우리와 함께 놀았던 외딴집에 있는 거였다. 거기는 우리식구만 쓰는 집이어서 평소에는 비어있고 남편만 일주일에 한 번 정도 들르는 곳이다. 바깥에 걸어두었던 남편의 옷을 물어다놓은 것은 틀림없이 주인냄새, 아니 첫정의 냄새가 그리웠기 때문일 것이었다. 며칠을 굶은 탓에 힘없이 일어서서 꼬리를 흔들며 다가서는 놈을 쓰다듬으며 "안 되겠다. 집에 가자."는 소리가 절로 흘러나왔으나 그럴 수는 없는 일이었다. 할 수 없이 조카에게 데려다주며 줄로 매어놓기를 당부했다. 그러고도 몇 번이나 줄을 끊고 도망쳐버려서 데려왔다는 소리가 들리더니 정작 우리가 만나러간 날에는 보이지 않았다.

조카는 굳게 다문 입을 끝내 열지 않았다. 알만한 일이었다. 우리농장까지는 차가 다니는 신작로를 건너야만 하는 경로였던 것이다. 누군가의 시 한 구절을 떠올리며 내 가슴은 무너져 내렸다.

"너는 나를 잊어도 나는 너를 잊은 적 없다."

이것은 망치의 마음이었을 거다. 말 못하는 짐승이라 말은 하지 못해도 자신의 온 몸을 바쳐 보여주었던 게 아닌가한다.

그 일을 잊을 수 없기에 다시는 강아지를 기르면 사람이 아니라고 다짐했던 내게, 얼마 전 또 한 번의 시련이 닥쳤다. 아들 회사의 지인이 서울로 발령이 났으니 자리를 잡을 때까지 키우던 강아지를 좀 맡아달라는 부탁이었다. 안된다고 화까지 내가며 거절했지만 어느 날 저녁에 아들은 '토토'를 안고 나타났다.

똥개였던 망치와는 달리 토토는 혈통이 있는 강아지였다. 마루에 내려놓으니 놀라서 까만 똥을 한번 싸더니 이내 풀이 죽어 엎드려서는 일어설 생각조차하지 않는 게 애처로웠다. 하는 수 없이 목욕을 시키고 간식도 사다주고 산책도 같이하다보니 또 정이 들기 시작했다. 차에 태워 외출할 때도 있었지만 부득이한 경우 혼자 외출했다 돌아와 현관문을 열면 숙인 고개를 내밀며 힘없이 꼬리 흔들던 토토, 나는 토토를 보내고 밤낮으로 이 장면이 어른거려 견딜 수가 없었다.

두어 달이 지난 후에 약속대로 주인이 찾으러 왔는데 아들에게 이르고 그 자리를 피했다. 아들 말에 의하면 서로 좋아 죽더란다. 우리 집에서는 늘 힘이 없던 토토가 주인을 보자 힘이 펄펄 넘쳤다니 고마운 일이지만, 정만 들이고 그렇게 가버린 토토가 오랫동안 얼마나 눈에 밟히든지ㅡ.

정이 든다는 것은 속절없이 무서운 일이다.

정이란 약속도 아니고 의리도 아니고 계절처럼 우리 곁에 머무는 자연과 다르지 않다. 거스를 수 없는 순리이기에 그 모습은 삶과도 죽음과도 닮아있다.

토토를 보낸 그날 저녁에 아들과 나는 서로 눈만 껌벅거리며 밥을 굶었다.

제2부

꽃 속에 숨은
이야기

적당히 타협하고 휘어지지 못해서

오늘도 외로운 길을 울면서 가는 이들이여!

그대들이야말로 가장 향기로운 꽃이다.

바람과 비를 견디며 들판에 핀 꽃이다.

아무도 눈여겨 봐주지 않고 오히려 짓밟힐지라도,

그대들이 있기에 우리네 세상은

아직도 아름답고 향기로운 것임을 의심치 않으련다.

−본문 중에서

꽃 속에 숨은 이야기

병에 꽂아둔 조화(造花)가 그럴듯하다.

며칠 전 마트에 들렀다가 마침 반값 세일을 하기에 산 것인데, 아직은 제몫을 다하는지 거실 분위기와 제법 어우러진다. 연초록 새싹들에 흰 눈을 달고 있는 것이 귀한 야생화 같은 느낌이지만 실제로는 본 적이 없으니 아무래도 상상속의 꽃인 듯하다. 아니다. 메이드 인 차이나니까 어쩌면 중국의 깊은 산속에 피어있는 꽃인지도 모르겠다. 오래 전부터 눈여겨 보아왔으나 비싼 가격 때문에 엄두가 나지 않았는데 반값에 살 수 있었으니 흡사 작은 꿈을 이룬 것 같이 기쁘다.

시들어서 아쉬움을 남기는 생화(生花)와는 달리 조화는 금방 싫증이 나기에 '아직'이라고 했지만 이번에는 꽤 오랜 시간 버텨줄 것 같은데, 첫째 같은 종류의 것들에 비해 가격이 비싸다는 건 그만큼 좋은 재질로 섬세하게 만들어졌다는 것이고, 둘째 생김새와 분위기가 내 정서와 잘 맞는다는 것, 셋째 작년 가을 산에서 주워온 나무넝쿨을 보탠 연출이 맞아 떨어졌다는 점이다. 이럴 땐 예전에 애쓰며 배웠던 꽃꽂이 솜씨가 나오는구나 하며 서글픈 미소를 짓게 된다.

꽃이 좋아서, 꽃 천지에서 자라던 기억만으로 고운 길을 걸을 수 있으리라 여겼던 것은 얼마나 아름다운 착각이었던가. 꽃꽂이 라는 배움의 길에서 만나고 동행했던 이들에게서 수없이 찔렸던 가시의 기억들이 아픈 까닭이다. 장미의 가시라고나 해야 할까? 예쁘게 포장된 장미를 보면 어디에도 없을 것 같은 가시가 한 송이 장미의 줄기에도 헤아리기 벅찰 만큼 많이 붙어있다. 그래서 장미 가시를 제거하는 도구 없이는, 1송이라면 모를까 100송이의 포장은 엄두도 낼 수 없다는 것을 꽃을 만지는 사람이라면 다 알고 있다. 아름답고 예쁘다는 건 어떻게 보면 그만큼의 비정함을 감추고 있는 것인지도 모를 일이다.

그 비정함과 싸우기에는 터무니없을 뿐더러, 땅 위에 두 발을 단단히 딛고 서지 못하는 비현실적인 삶의 태도를 스스로도 문제

삼는 바지만… 예쁜 척, 우아한 척, 철저히 상업적인 그 세계에서 두통과 현기증을 함께 느껴야했던 기억들이 아픔으로 남았다.

꽃의 아름다움만 보고 프로의 세계를 간과한 잘못이 무엇보다 크긴하다. 거기다 사람의 향기까지 원하니 정신 차리라고 꽃으로 회초리를 맞은 것일 수 있다.

시간이 많이 흘렀다. 꽃 외에도 많은 종류의 회초리를 맞아가며 중늙은이가 되었지만 나는 아직도 그대로다. 여전히 "사람의 향기" 운운하며 정신 못 차리고 있으나 이제는 왠지 이런 내가 싫지만은 않으니 웃어야할지 울어야할지ㅡ.

사람의 향기는 감동적인 시어(詩語) 속에도 아름다운 꽃꽂이 속에도 있는 것이 아니다. 가장 가까이에서 함께 부대끼며 사는 이가 긍정하고 그이의 마음을 얻은 사람이라야 향기롭다할 수 있다고 믿는다.

이심전심이라는 말이 있다. 생각해 보면 그들도 나를 향기롭게 느끼지는 않을 것이고 더구나 내가 선택했으므로 결국은 그 시기의 내 수준이었다고 봐야할 것이다.

선택을 후회하고 좌절하면서도 끝까지 갔다. 가보고 싶었다. 5년이라는 시간을 바치면서 노력했다. 그러면서 알게 되었다. 어떤 것도 공짜가 없으며, 꽃은 역시 아름답다는 것을….

꽃을 꽂으며 많은 것을 알고 이해하게 되었는데 이럴 때는 해오(解悟)라는 단어가 어울리겠다. 배움은 다 마찬가지일수 있고, 이것은 어디까지나 모든 면에서 늦되는 나의 소치(所致)로 보아 바로 그때가 되었기 때문이기도 하겠으나, 오랜 세월 꽃 꽂는 법을 배우면서 얕게나마 돈오돈수(頓悟頓修)와 점오점수(漸悟漸修)를 이해했다. 한 가지에 몰입한 긴 시간의 노력 끝에 몇 번의 눈을 뜨게 되는 순간을 말함이며, 한번 눈을 뜬 것은 영원한 내 것이 됨을 말함이다.

그리고 작은 꽃잎 하나에도 우주가 있음을 알았다. 빛깔 향기는 말할 것도 없고 피고 지는 과정을 조금만 들여다본다면 그 세계가 우주라고 하는 내 말이 결코 과장이 아님을 알게 될 것인데, 법성게(法性偈)에서 말하는 일미진중함시방(一微塵中含十方)을 꽃을 만지며 이해하게 될 줄은 미처 몰랐던 일이다. 한 가지 더 깊이 이해하게 된 것은 세상에 존재하는 모든 것은 다 필요한 것이며 더군다나 모두 아름답다는 사실이었다. 못생겼다는 것은 지금의 자리가 제자리가 아니라는 것일 뿐, 달리 말하면 다만 제자리를 찾지 못해서 못나게 보일뿐이지 애초에 못생긴 것은 없음이었다.

꽃꽂이는 꽃만 가지고 되는 일이 아니다. 소위 소재라고 부르는 푸른 잎을 비롯한 여러 가지가 쓰이게 되는데 그중에서도 나뭇가지를 많이 쓰게 된다. 초보시절에는 곧은 나무를 선호하지만 얼마큼의 과정을 거치고 나면 휘어진 가지일수록 더욱 아름답게 연출할 수 있다는 것을 알게 된다. 그리고 아무짝에도 쓸 수 없을 것 같은 나무토막과 돌멩이 하나도 훌륭한 오브제가 되며, 작고 못생긴 것일지라도 적재적소에 놓아주면 반짝인다는 사실을 알게 되었다.

꽃은 결코 배신하지 않았다. 오히려 거름이 되어 나를 키워 주었다. 그리고 사람에게서 받은 상처를 좋은 제자를 만나서 결국 사람으로 치유 받을 수 있게 해주었다.

꽃꽂이 학원을 몇 년간 운영했으나 적자를 면치 못했고, 결국은 나를 실망케 했던 사람들의 고충까지 이해하게 되면서 꽃과 연을 끊었다. 결코 그들을 답습하고 싶지 않은 마음이 컸지만, 이것 또한 그까짓 것 하나를 넘지 못하는 나의 무능함을 탓해야 마땅하다.

우리는 영원히 살지 않는다. 아무리 좋은 것도 마지막에는 버려야하는 것이 인생이다. 타고난 재능이든 갈고 닦은 기술이든 간에 사람에게 상처를 준다면 가치 없는 것이라고 생각한다. 그것으로 사람을 이롭게, 행복하게 해야 하므로 회향(迴向)이라는 멋진 말이 있는 것 아니겠는가.

적당히 타협하고 휘어지지 못해서 오늘도 외로운 길을 울면서 가는 이들이여! 그대들이야말로 가장 향기로운 꽃이다. 바람과 비를 견디며 들판에 핀 꽃이다.

아무도 눈여겨 봐주지 않고 오히려 짓밟힐지라도, 그대들이 있기에 우리네 세상은 아직도 아름답고 향기로운 것임을 의심치 않으련다.

※오브제(OBJET): 물건, 물체, 개체 등을 의미하며 보통 주체의 반대개념이다.

평범한 너에게

—친구 인순이

보고 싶은 친구가 있었다.

여고시절, 한 번도 같은 반을 해본 적이 없으면서 어떻게 친구가 되었는지는 잘 모르겠으나 내가 그를 좋아한 것만은 확실하다. 아마도 친구의 친구로 만났던 것 같고, 이따금 만나며 함께한 시간들이 좋았을 것이다. 유난히 맑은 피부에 항상 조용히 웃는 모습이 고왔던 인순이… 상당한 미인이었지.

하교 길의 어느 날, 그날엔 비가 왔었고 같이 비를 맞으며 처음으로 그의 집에 갔었다. 고급스런 이미지와는 달리 홀어머니와 단둘이 남의 집 단칸방에서 궁색하게 살고 있음이 조금 의외였다.

어머니는 출타중이셨는데(일하러 가셨을 것이다.) 인순이는 부엌으로 들어가더니 술상을 봐오던 것이다. 자타가 공인하는 모범생 인순이가 아니던가. 몹시 당황스러웠지만 애써 태연한 척,

"웬 술이냐?"

"괜찮다 마셔보자. 오늘이 마지막인 것처럼."

순간 인순이가 북유럽 어디쯤의 출렁이는 파도처럼 느껴졌다. 기꺼이 그 파도에 휩쓸리고 싶었다.

포도주였던가? 소주였던가? 난생 처음으로 술이라는 것을 마셨으며, 기분 좋게 취한다는 게 어떤 것인지를 알았으나 결단코 그것이 처음이자 마지막의 술 취함이 될 줄은 몰랐다. 살면서보니 나는 술을 못하는 사람이었다. 아예 입에 대지도 못하는 것은 아니지만 기껏해야, 그것도 기분이 최고소일 때만 소맥 한 잔 정도가 내 주량이다. 그날의 기분 좋았던 술의 마력을 못 잊고, 몇 번의 시도를 했음에도 불구하고 이후 절대로 그런 기분을 느끼지 못함은 정말 알다가도 모를 노릇이다.

졸업식 날 운동장에서 본 것을 마지막으로 소식이 끊긴 채로 30년의 세월을 넘기고 있었다. 한 번 전화가 오기는 했다. 나의 신혼시절에, 남편이 처가살이를 하고 있을 때,

"혹시나 해서 전화해봤다. 너 결혼했다며? 여기는 광복동인데

비가 온다. 끝까지 행복해라.”

무슨 말로 대꾸했는지는 기억에 없으며 인순이가 한 말만 또렷이 남아있다. 잘 모르긴 해도 내 생활에 취해있었으므로 아마도 그에게 무심한 대꾸를 했을 것이 뻔하다. 평생을 사람 챙기기에 서툰 성격이 그때라고 달랐을 리가 만무하니까.

때때로 인순이 생각이 날 때면 연락이 닿는 친구와 통화를 하며 함께 그리워했다. 범상치 않았던 아이라 지금쯤 어떻게 살고 있는지 궁금했다. 그보다는, 조용했지만 누구보다 뜨거웠던 그의 가슴속 열정이 나이가 들면서 몹시 그리웠다. 인순이라면 평범한 우리와는 분명 다른 삶을 살 것이리라. 친구라기보다는 언니 같은 존재였던 그를 꼭 찾고 싶었다.

친구에게서 다급한 전화가 온 것은 그러던 어느 날이었다.

여고동기들 중에 출가해서 승려가 된 이들이 몇 명 있는데, 지금 운문사강원의 강사로 있는 ‘세등 스님’의 속가명이 김인순이라고 했다. 우리는 흥분했고 만나러 갈 계획을 세우느라 전화기를 잡고 밤잠을 설쳐가며 이야기를 주고받았다. 그 애라면 충분히 그럴 수 있었겠지만 그렇다면 딸 하나만 바라보던 홀어머니는 대체 어떻게 되었다는 말인가. 혹시 어머니가 돌아가셨기에 그렇게 마음먹은 것은 아닐까.

흥분과 기대를 안고 서울에 살고 있는 친구와 운문사 소나무 밑에서 만나기로 약속을 했다. 시간 맞춰 친구가 도착했기에 지체하지 않고 세등 스님을 찾았다. 멀리서 걸어오는 모습이 키는 얼추 비슷했으나 생김새는 확신이 서지 않았다. 그래, 세월이 얼마나 흘렀는데 한눈에 알아볼 수는 없겠지. 미소를 머금고 세등 스님이 다가섰고, 우리는 물었다.

　　"혹시 부산여중을 졸업한 김인순?"

　　"아니 저는 김인숙입니다."

　　여고 동기는 확실했지만 인순이는 아니었다. 그러고 보니 알듯한 얼굴이었다. 세등 스님의 배려로 스님의 방으로 초대되어 다과를 대접받으며 많은 이야기를 나누었다. 특히 우리가 찾고 있는 인순이 이야기를 많이 했다.

　　스님은 여고졸업식 날 졸업장을 들고 바로 출가했다고 한다. 출가 후 동국대를 다녔으며 일본유학까지 마친 후에 운문사강원에서 후학을 기르는 강사 소임을 맡고 있다고 했다. 출중한 외모에다 훌륭한 오빠들까지 두었다니, 무난히 대학을 나와서 누구보다 나은 사회구성원으로 살 수 있는 조건인데도 불구하고 승려의 길을 택한 것이 사뭇 놀라웠다. 나는 그 나이쯤 무슨 생각을 했던가? 인순이네 방에서 술에 취했던 것이 가장 큰 사건이었으며 그냥 인생이 가자는 대로 나를 맡기고 살았는데 말이다. 전화번호를 주고받으며 헤어졌다.

그렇게 세등 스님과 꾸준히 연락하며 지내던 어느 날이었다. 스님이 상기된 목소리로 전화를 해왔다. 조금 전 부산에 사는 여고동기들이 다녀갔다는 것, 혹시 김인순이라는 친구를 아느냐고 물었더니, 방모서리에 조용히 앉았던 이가 자기가 김인순이라고 하더란다. 나의 이름을 일러주자 안다며 웃더라는 거다. 지금 막 출발했으니까 전화해 보라며 스님은 축하한다는 말을 덧붙였다.

운문사 소나무 밑에서 다시 만났다.

세월이 흘렀어도 한눈에 서로를 알아볼 수 있었음은 물론이다. 손을 맞잡으며 웃는 우리에게는 옛날만 있을 뿐 그동안의 세월은 없었다. 어머니를 모시고 살아야했으므로 결혼이 늦어졌으며 착한 남편을 만나 아들 둘을 두었고, 지금도 어머니는 건강하시다고 했다. 한 번도 본 적 없는 그의 남편이 미더웠다. 장모를 모셔야하는 부담을 안았다는 것만으로도 후한 점수를 주기에 충분했기 때문이다.

그날 운문사에서 하룻밤을 묵으며 쌓였던 이야기들을 나누었다. 밤이 깊었을 때쯤, 예나 지금이나 말없이 웃기만 하던 인순이가 나지막이 하던 말,

"너희들 기대에 못 미쳐서 미안하다. 너무 평범하게 살아서…"

잠시 침묵이 흘렀고, 내가 손사래를 쳤고, 그리고 함께 웃었다. 뒷말을 듣지 않아도 그가 무슨 말을 하려는지 모를 리 없었다.

인순이에게 있어 어머니는 오롯이 그의 복일 것이다.

살아보니, 세상의 일이란 자연스러운 것이 가장 좋은 것임을 안다. 그에게는 어머니를 안고 가는 삶이 가장 자연스럽고, 가장 행복한 길일 것이었다. 자신을 믿고 늙어가는 어머니를 바라보며 기쁘기도, 때로는 슬프기도 하겠지만 마음만은 편하고 풍요롭지 않을까.

젊은 날 들끓었던 열정이라는 것이 잠시 눈부시게 피었다 져버린 한 송이 꽃일지라도, 열정과 꿈으로 가득했던 그 순간에 목메어 울었을 인순이의 가슴속 눈물이 보이는 것만 같아서 "잘했다. 잘했다." 하며 맞잡은 손에 힘을 주었다.

다 하늘 밑에서 벌어지는 일들이다.

평범과 비범이 따로 없는 것임을…, 어쩌면 평범한 것이 가장 비범한 것인 줄을 이제 모르지 않는다.

차 한 잔을 앞에 두고

비 오는 아침나절, 나를 위한 차 한 잔을 준비한다.

물을 끓이고, 마음에 드는 찻잔을 고르고, 하얀 받침까지 챙겨진 한 잔의 차를 투명한 유리탁자 위에 놓는다.

어제 밤늦게 시작한 비는 그칠 줄 모르는데, 따뜻한 김이 피어나는 차와 창가에 흐르는 비, 그리고 새들이 숨어버린 비에 젖어 적막한 숲을 바라보며 나와 만나는 시간을 갖는 것, 이것은 끝도 없이 떠도는 마음을 여기 한 잔의 차에 머물게 하는 것과 다르지 않음이다. 이 시간이 주는 더할 수 없는 충족함과 평온함을 영원이라는 말에 실어 언제까지고 나의 곁에 머물게 하고만 싶다.

따뜻한 찻잔을 두 손으로 감싼다.

창 너머로 보이는 풍경들이 익숙한 듯 어쩐지 생소하다.

거의 같은 시간대에 반복하는 일이라 익숙한 것은 알겠는데, 어딘지 먼 곳을 혼자 걷다가 잠깐 창가에 앉은 것 같은 이 생소함의 정체는 무엇인지….

구태여 표현하자면 물방울로 가득 채워진 그림을 화랑에 홀로 서서 바라보고 있는 나를, 또 다른 내가 바라보고 있는 느낌 같다고나 할까.

차 한 모금을 마시며 자꾸만 사무친다.

그림 앞에 서있는 나는 지금 무슨 생각을 할 것인가.

아마도 그냥 물방울이고 싶은 마음, 긴 강줄기 속에 한 방울의 물로 떨어져 흐르고 싶을 것이다. 그럴 수 있다면… 그래도 된다면… 그림을 보고 서있는 그 자리에서 그대로 아무 흔적도 없이….

어떤 이름, 어떤 허울이 필요할까보냐. 너와 나는 모두 바람이어라. 이 세상의 인연들은 곱게 피었던 한 송이 연꽃이었나니 나는 그 연꽃 만나고 가는 바람이리라.

모든 목숨은 물 같은 그리움이거나

빈집을 흐르는 울림이거나

상처의 흔적이거나

    — 정한용 〈적멸〉 중에서

  아무것도 모른다는 사실을 우리는 알기나 하는 걸까. 진정으로
우리가 알아야할 단 한 가지는 나는 아무것도 모른다는 사실일
것이라는 생각이 이 순간 찻잔 속에 머문다.

  비는 계속 내리고
다 마시지 못한 찻잔은 내 인생처럼 식어가고 있다.

옛집 마루에 앉아

옛집은 그 자리 그대로이다.

집을 지은 지 60년이 넘어 형편없이 낡았지만 원형은 그런대로 보존되어 있는 편이다. 부산의 벼두리인 이 동네는, 벌써 오래진에 재개발이 이루어져 큰 도로가 몇 개나 뚫리고 아파트가 들어서고 했지만 몇 집만은 그대로 있는 것이 신기하다면 신기한 일이다.

파란색 양철지붕이던 우리 집을 중심으로 언덕배기 외딴집에는 붓돌이가 살았고 앞집에는 경자언니, 그 앞집은 용환이가 살았었는데 붓돌이네는 집이 있던 언덕조차 아예 흔적이 없고, 용환이만 유명대학의 미대 교수라는 소문을 들었을 뿐, 다 어디로 갔는지 찾을 길이 없다.

나는 이 집에서 태어났고, 큰외삼촌에게 집을 내어주고 이사를 가기까지 십사 년을 살았다. 그러니 지금은 외사촌동생이 혼자 살고 있는 이 낡은 집에 내 유년의 기억이 고스란히 담겨있다.

할머니의 솜씨로 사계절 꽃으로 가득했던 우리 집, 어디 꽃뿐이던가. 어린 눈에, 세상의 모든 사람은 다 우리 집에 모이는 것같이 북적였다. 모든 친척들, 모든 동네 사람들, 나는 말이 없는 아이였지만 내심 시끄러운 것이 불만이었다. 실제로 어느 날은 혼잣말을 하기도 했다. 나중에 조용히 살 것이라고.

요즈음 나는 생각한다. 원(願)을 함부로 세워서는 안 된다는 것, 어린 날에 품었던 마음이 그대로 현실로 나타나 지금은 조용하다 못해 외로울 때도 있으니 말이다.

그리고 알게 되었다. 모두가 어렵던 시절, 우리 집에 모인 사람들에게 물 한 모금이나마 베풀었던 것이 얼마나 귀하고 소중한 일이었던가를. 뒷골여시라도 돌봐야 한다는 위태로운 삶을 이렇게 무난히 살고 있는 것은 결코 우연이 아니다.

시간과 함께 모든 것은 사라졌다. 채송화도 봉숭아도, 키가 커서 울을 넘보던 달리아 해바라기, 언제나 정갈하게 닦여 가지런하던 장독대, 그리고 북적이던 사람들, 꿈속의 일인 양 아련하기만 한 옛날을 더듬으며 어쩐지 나는 패잔병 같다. 살아온 날들과 관계없이 이제 막 전장에서 돌아온 초라한 몰골의 패잔병 같은 느낌이다.

가슴이 먹먹하다. 무슨 말을 할 것인가. 그동안이라고? 아니면 세월의 강을 건너서라고? 사실은 말이 되어 나올 수 없는 것인 줄을 안다. 아무 말도 필요치 않을 것이다. 그래도 하고 싶다. 십중팔구는 쓸데없는 말이겠지만 배우지 않은 살풀이춤을 추듯 그렇게 내 장단에 나를 맡기고 막막한 가슴의 말들을 나왕케촉의 피리소리 같이 풀어내고 싶음을 어쩌랴.

마루에 앉아본다.

이렇게 작고 초라한 마루가 그때는 왜 그렇게 넓었을까. 뭘 잘못했는지 엄마에게 회초리로 얻어맞고 떼쓰며 울기도 했던 이 마루, 햇볕 좋은 날 해바라기를 하다 할머니 무릎에서 잠들기도 했었지. 다섯 살 차이 나는 막내 여동생이 태어날 때는 마루에 앉아 안방을 기웃거리며 엄마의 비명소리도 들었고, 못난이라고 놀려대는 고모를 잡으려고 쫓아다니기도 했었던, 어린 나에게는 온 세상만큼이나 넓은 곳이었다.

아! 고모, 아버지에게 단 하나의 혈육이었던 고모, 내가 여덟 살 나던 해, 그 시절에는 흔치않던 교통사고로 세상을 떠난 고모는 꽃 같은 나이 스무 살이었다. 첫 조카인 나를 까무러치게 예뻐하던 고모였다.

살면서 때때로 고모를 생각했다. 그러면 그리웠다. 특히 외롭고 서러울 때는 어떤 경우라도 내편을 들어주었을 고모의 무릎이, 그 품이 그리웠다. 다 내 복일 것이다. 어느 생에선가 좋은 사람을 일찍 떠나보내는 인(因)을 내가 심었을 것이므로.

지금 내 손에는 빛바랜 사진 한 장이 들려있다. 고모와 작은 외삼촌이 나와 함께 마루에 앉아 찍은 사진이다. 나는 찡그린 채 고모 무릎에 앉아있고 고모와 외삼촌은 웃고 있다. 사돈 간이면서 친구 같았던 두 사람은 나를 품에 안고 무척이나 행복한 모습이다. 외삼촌도 물론 그렇지만 고모는 뛰어난 미인이다. 마음까지 좋았다며 시누이를 그리워한 엄마에게서도 느낄 수 있듯, 고모는 여러모로 아까운 사람이었던 게 분명하다. 간혹 이렇게 다 갖추고도 일찍 세상을 떠나고 마는 사람이 있는가보다. 소설가 강석경 님의 산문에 이런 구절이 있다. '천사는 지상에 오래 머무르지 않는다.'고.

사진 속의 외삼촌은 호호 할아버지가 되어 지금 가까운 곳에 살고 있다. 내가 초등학교 5학년일 때 재학생 대표로 송사(送辭)를 읽게 되었는데 구경 온 우리 식구들 속에 외삼촌도 있었다. 애기가 저렇게 컸다며 손수건을 꺼내들고 감격해서 울던 모습이 눈에 선하지만 까만 머리 빛나던 청춘이던 그 모습은 구부정한 대머리 할아버지가 되어 지금도 한 번씩 나를 웃기고 울린다.

온갖 꽃으로 넘실대던 마당은 이제 더 이상 없다. 화단이 있던 자리에 세를 놓기 위한 건물이 들어섰기에 그렇다. 마루에 들던 햇빛도 비켜가 버린다. 햇빛이 들지 않는 마루는 가버린 세월보다 더 쓸쓸하다. 그나마 남아있는 그리움의 잔영(殘影)들마저 무참히 짓밟힌 기분이 든다. 이렇게 하찮은 내가 되기까지 이 마루의 햇빛은 기억 속에서 얼마나 반짝거려 주었더란 말인가.

고모를 잃고 삼 년을 잠 못 들던 할머니, 어쩌다 밤중에 눈을 떠보면 달빛 비추는 마루에 나와 앉아 계시던 모습이 내 나이 들수록 더욱 쓰라리기만 한데, 이제 그 달빛마저 비추지 않는 마루에서 지나간 세월일랑은 묻어버리고 싶다. 그렇지만 세월 속에 세월이 묻힌다한들 영원할 이 기억들은 어디다 묻을 수 있겠는가. 나는 사명감을 느낀다. 고모의 몫까지 살아내야 한다. 세상의 한 귀퉁이 이름 없는 삶일지라도 기를 쓰고 웃고 떠들며 행복해야만 하는 이유다.

이 집을 떠나 여기저기를 떠돌며 살았다. 같은 부산이었고, 더 넓고 좋은 집들이었지만 한군데 오래 정착하지 못했다. 우리 형제 셋은 각기 다른 집에서 결혼했다. 할머니가 돌아가시고 내가 결혼했던 집은 계단이 많았던 문현동 집이었고, 남동생은 부민동 집에서, 출생을 목격했던 막내 여동생은 광안리 바닷가에 있는 아파트에서 결혼했다.

자식들이 떠난 후 부모님은 옛 동네의 작은 아파트에 정착하셨는데, 두 분이 이십 년 넘게 사시다 작년에 엄마가 돌아가시고 지금은 아버지 혼자 계신다. 사람들 말을 빌면 하늘이 내린 효자였던 아버지는, 그래서인지 지금 구순을 넘기고도 건강하시니 고마운 일이 아닐 수 없다. 분명 외로우실 텐데도 별 말씀이 없는 아버지를 보며 지금도 커가고 있다는 생각을 한다. 그렇다. 부모가 살아있는 한, 자식은 언제까지나 크는 것일거다.

그럴 수는 없겠지? 이 집 마루에 다시 햇빛 달빛이 들게 하고 화단도 가꾸어서 늙은 아버지와 함께 살 수 있다면, 이따금 동생들이 오겠다는 연락을 해오면 대문을 열어놓고 기다리면서 마루에 앉아 늙은 아버지와 옛이야기를 도란거릴 수 있다면 얼마나 좋을까.

생각만으로 그치게 될 이 행복은 천상에서나 누린다는 청복(清福)일 것인가!

2010년

※나왕케촉: 티베트 승려 출신의 명상음악가. 스승도 없고 작곡을 배운 적도 없는 대나무피리 연주가이다.

사천에 살면서

'정들면 고향'이라는 말을 실감한다.

낯설고 물설어서 어디다 말을 붙여야할지 주춤거린 때도 분명 있었지만, 어느 사이 이곳의 산, 바다, 하늘이 눈에 익어 정겹다.

생각해보면 다 가슴 시리게 아름다운 우리의 산하가 아닌가. 무엇 하나 보태고 빼고 싶지 않은, 여기는 남섬주부(지구) 대한민국 내 하늘 내 땅이다.

와룡산 줄기에 산다.

아파트 후문을 열고 나서기만 하면 곧바로 산으로 오를 수 있다. '새섬바위'도 좋고 '상사바위'도 좋으나 '무지개 샘'까지만 다녀

와도 훌륭한 산타기가 된다.

　대진고속도로가 뚫린 후로는 산에서 대전 사람들을 많이 만난다. 차로 2시간 거리이니, 주말이면 와룡산 등반을 마친 후에 삼천포바닷가에서 싱싱한 회를 즐긴다 해도 하루가 남을 정도이니 그럴 것이다. 그러는 사이 삼천포 수산시장은 새 단장을 해서 '삼천포 용궁 수산시장'이라는 기막힌 간판을 달고 성업 중이다.

　사천은 사통팔달 교통의 요지다.

　고속도로를 이용하면 서울까지는 3시간 30분, 부산은 1시간 20분, 창원까지는 얼마 전에 8차선이 되었다. 아름다운 통영과 거제도도 가깝고, 전라도 광양까지는 40분이면 충분하다. 그리고 무엇보다 공항이 있어 비행기가 뜬다. 아침저녁 8시 비행기만 타면 하루 종일 서울에서 웬만한 볼일은 다 볼 수 있다.

　날마다 밤 10시 30분에는 제주도행 배도 뜬다. 그리하여 다음 날 아침 7시면 제주항에 도착한다. 제주도민과 사천시민은 20% 할인도 해준다. 혼자라면 2층 침대칸에 누워서 잠들면 되고, 일행이 있으면 다다미방을 이용해도 괜찮다. 그렇게 한라산 등반을 하고, 또 밤배에서 잠들었다가 다음날 아침이면 집에 올 수 있다.

　삼천포대교가 생기면서부터는 남해가 옆집 같다. 우리나라 3대 관음도량인 '보리암'이 곁에 있다는 사실이 무엇보다 좋다. 괜히

푸근한 것이다.

남해와 삼천포 사이에 있는 3개의 섬 늑도, 초양도, 모개도를 5개의 다리로 연결한 총 길이 3.4km의 연륙교는 그 위용이 대단하다. 관광명소인 것은 물론이고, 2006년도에는 건설교통부가 선정한 전국의 가장 아름다운 길로 뽑히기도 했다. 섬과 섬의 언덕에 유채꽃이 피어나면 가히 환상적인 풍경이 연출되기에, 몽환적 기질인 나 같은 사람은 다리난간에 기대어 순간 꿈속으로 빠져버린다.

위용에 비해 공식명칭이 아직까지 확실치 않은 것은 이 다리의 운명이라고나 해야 할까. 남해와 사천이 서로 자기네 다리라고 싸운다. 그래서 여기 사람들은 자기가 원하는 대로 부르고 있다. 사천 사람은 삼천포대교라 하고, 남해 사람은 남해창선대교라고 한다. 나도 사천 사람인지라 그 이름을 삼천포대교라 하였다.

대교가 바라보이는 해안도로 쪽이 사천시 실안동이다. 12.4km의 해안도로는 탁 트인 바다를 끼고 구불거리며 아름답다.

실안은 전국 9대의 일몰지이다. 딴 곳은 모르겠으나 발리와 필리핀에서 일몰을 보았는데, 여기만은 못했다. 필리핀의 그곳은 맥아더 장군이 일몰에 취해 울기까지 했다는데도 그랬다. 사심(私心)이 들어있긴 하지만 나는 모름지기 실안 낙조를 세계 제일로

친다.

선진리성에 벚꽃이 피면 사천은 온통 꽃 천지가 된다.

물 이름 사(泗)에 내 천(川)을 쓰는 사천, 그리고 선진(船津)이라는 이름은 배 닿는 나루터이니, 물이 넘실대는 땅에 꽃이 하늘을 덮은 형국이라 할만하다. 벚꽃이 절정을 이룰 때면 바다는 더욱 푸르러, 서로 쓰다듬듯 바라보고 있는 것이 이곳의 풍경이다.

선진리성은 아픈 우리의 역사이기도 하다. 지금도 남아있는 성곽은 임진왜란 때 일본인이 쌓은 왜성이며, 임진왜란과 정유재란이라는 피의 역사를 안고 있다. 하지만 벚꽃이 만발한 선진리성은 지금 무심히 아름답다.

물과 꽃이 어우러지고, 누워있는 한 마리의 용이 승천(昇天)을 기다리고 있는 이곳 사천, 언제까지일지 모르지만 여기에 살련다. 하늘길이 열리는 날, 누웠던 용이 일어나 하늘로 올라갈 때 나도 데려가 주기를 기대하면서 말이다.

※남섬주부: 불교용어이고 지구를 일컫는다. 불교의 세계관으로 보면 수미산을 중심으로 네 개의 땅이 있는데, 그중에서 남쪽에 위치한 땅을 가리키며 인간이 사는 곳이다. 불교식으로 여기의 주소를 말하면, 사바세계 남섬주부 동양 대한민국 경남 사천시 용현면 죽천강길 56이다.
※와룡(臥龍): 용이 누웠다는 뜻, 사천의 산 이름이 와룡산이다.

사월

사월의 사립문을 밀친다. 먼 곳으로부터 걸어온 연초록 연분홍 어우러진 환한 세상이 거기서 나를 기다린다.

사실은 사월이 나의 초라한 사립문을 밀쳤을 테지만 화사한 이 향연을 두 팔 벌려 마냥 보듬을 수 없어서 이런 이상한 표현을 쓰게 되나보다.

인고의 세월을 침묵으로 견디며 남몰래 울었기에 마침내 피워 올릴 수 있었던 새 생명들…. 환영하며 함께 어울려 기쁨을 누려야 하지만 예민해진 감정을 다스리기에도 나는 힘겹다. 예전보다야 경미하지만 올해는 조금 힘들기 때문인데 지난날들이 약이 되어 이번에는 잘 버티리라고 본다. 이제는 추억해야할 과거를 거느

린 나이가 되고서도 완전 해방이 아니라는 사실이 조금 무겁긴
하다. 누구에겐가 스치듯 들은 말이 생각난다.

"잔디 옷을 입기 전에는 그 병은 낫는 것이 아니다."

끈질긴 생명력으로 용케도 살아남아 또 사월을 맞으며, 아니
또 나를 맞으며 움트지도 못하고 웅크린 채 흘러가버린 내 젊음을
추억해본다.

해마다 사월이면 그 초입에서부터 많이 아팠다. 과거형으로 얘
기했지만 지금은 아무렇지도 않다는 말은 아니다. 꽃같이 젊었던
시절의 날들이 더 혹독했다는 뜻이다. 해서, 만약에 신이 젊음을
한 번 더 준대도 기꺼이 사양하고 싶으니, 추억하고 기억하는 인
생의 사월, 그 젊음은 쓰라린 아픔이었다. 특히 빛과 소리에 민감
하게 반응하는 오감(五感)이 봄의 초입에서는 거의 통제 불능상태
에 이르곤 했다.

그즈음, 늘 버지니아 울프를 생각했다. 양쪽 호주머니에 큰 돌
멩이를 가득 채우고 오즈 강으로 걸어 들어가는 그녀의 마지막
모습이 생생하게 오버랩 되어왔다. 남편인 레너드에게 쓴 유서에
'또 소리가 들리기 시작한다.'는 구절을 깊이 이해했다.

의식은 명료한데 스스로 통제되지 않는 오선지 위의 음표들 같
던 그 감정을 과연 뭐라고 해야 할까. 어떻게라도 표현해야 한다

면 두려움이라고 해야 하나. 이 세상 어디에도 내 자리가 없어서 앉지도 서지도 못하는 불안함으로 철저히 혼자 견뎌야하는 죽음 같은 고독은 지금 생각해도 견디기 힘든 것이었다. 먹을 수도 잘 수도 없고 당연히 외출도 못했던 시간의 연속이었다.

오랫동안 신경정신과 상담도 받았고 민간요법을 비롯한 좋다는 약들은 물론 푸닥거리 외에는 안 해본 것이 없을 정도였지만 10년 넘게 암울한 날들은 계속되었다.

왜였을까? 지금도 이해불가다. 의학적으로는 일조량 부족으로 신경전달물질인 세라토닌, 도파민 같은 것들의 형성과정에 문제가 생겼기 때문이라고도 하고, 정신과 상담에서는 버지니아 울프와 같은 어린 시절의 트라우마를 찾으려 했지만 나는 평범한 가정에서 자랐으며 오히려 화평한 케이스에 속한다. 그러니까 사월이면 앓는 내 병은 아직 풀지 못한 페루의 '나스카서클' 같은 것이라고 해야 한다.

고난의 시간들은 두 번은 겪지 못할 혹독한 것이었지만, 그러지 않았다면 결코 찾지 못했을 곳으로 데려다 주었다. 한번도 가본 적 없는 미지의 세계, 거기서 기어이 알고야 말았다.

'사랑은 공짜라는 것'을…. 그것은 확신이었다. 어디에 있었는지도 몰랐던 두둑한 배짱이 생겨나며 좋아지기 시작했다.

인생은 신비하다. 생명도 신비하다. 그리고 그 신비함속에 사랑이 깃든다.

사월은 사랑이다. 그래서 놀라움이고 위대함이다. 볼을 간질이는 부드러운 바람과 천지를 뒤덮은 따스한 햇살과 꽃들의 향연, 이 놀라움이 사랑 아니면 그 무엇이겠는가.

　목련꽃 그늘 아래서

　베르테르의 편질 읽노라.

　구름 꽃 피는 언덕에서

　피리를 부노라.

　아, 멀리 떠나와

　이름 없는 항구에서

　배를 타노라.

　돌아온 사월은

　생명의 등불을 밝혀든다.

　빛나는 꿈의 계절아,

　눈물어린 무지개 계절아.

박목월 님의 아름다운 이 시는, 사월의 문턱을 선뜻 넘지 못하고 서성이는 마음에 잔잔한 환희의 물결을 일으켜서 사월의 노래를 부를 수 있는 용기를 주기에 충분하리라. 돈보다 칼보다 한 문장의 시가 때로 더욱 위대한 까닭이 여기에 있다.

이별로 끝나버린 인연도 사월의 추억은 충만하고, 빛나는 사월의 바다와 산을 바라보며 다짐했던 자신과의 약속은 영원한 것이 되었다.

가슴을 펴고 사월의 밭이랑을 걸어보리라.

대지의 숨소리가 들릴 것이다. 처음엔 아주 약하게, 그러나 그 미묘한 떨림이 큰 힘과 소리로 나에게 전달될 때 웅대한 대지의 에너지가 흐르며 새의 가슴보다 작던 가슴이 천지를 품고도 남을 넉넉함으로 넘쳐나리라.

그러면 노래하리라. 기도하리라.

4월의 노래를 부르며 축복의 기도를 하리라. 가난과 병으로 고통 받으며 응달에 웅크린 이들과 봄 되어도 움트지 못하는 나무의 싹들, 그들을 위한 기도와 희망의 노래를 하리라.

기도란 모든 것에게 축복을 보내는 것이고 모든 것에 대하여 연민의 마음을 갖는 일이며 부정적인 생각을 제거하는 해독제, 그 이상도 이하도 아닐 것이다. 나를 위해 갈구하지 아니하고 모든 만물에 축복을 보내는 것, 부정적인 생각을 긍정으로 바꾸어서 사랑할 수 있는 마음이 되는 것이 기도이다. 그렇다. 모든 것의 출발은 나이기에 무엇보다 내가 대가없는 사랑을 주어야한다. 이것이 사월의 마음이다.

온 대지를 온기로 적셔 노란 개나리, 연분홍 진달래 피게 하고 이제 곧 목련꽃 그늘 만들어줄 사월과 입맞춤하며 잠시 나를 잊고 그 어깨에 기대어 얕은 잠에 취해 졸고 싶다.

생명의 등불을 밝혀드는 눈물어린 무지개 계절이여!

진정으로 귀한 것은 아무 값없이 우리 곁에 머문다.

사월은 사랑이 이루어낸 기적이다.

※나스카서클: 페루의 나스카평원 위, 수 킬로미터에 걸쳐 분포되어있는 신비스런 문양이다. 1941년 미국의 역사학자 코삭 부부에 의해 발견되었다. 아직 아무도 설명하지 못한다.

제3부

우체국
창가를
서성이며

아버지가 만드신 스펀지풀로 마무리하여

울산에 있는 아들에게 등가우편을 부친다.

그 옛날 내가 아버지를 떠나왔듯

아들도 이제 내 품을 떠난 세월, 그리고 청마와 정운의

그 세월이 우체국 창가의 어딘가에 머물고 있는 것만 같아서

쉬이 발걸음을 돌리지 못하겠다.

-본문 중에서

부처님, 참 미남이시네요

'전북 남원시 대산면 신계리 산18'

내비게이션에다 주소를 입력하고 남해고속도로를 달린다. 개인적으로, 문명의 이기 중에 이렇게 편리한 것이 있어서 얼마나 좋은지 모르겠다. 나같이 타고난 길치에다 방향치인 사람에게는 그야말로 구원과도 같은 것이라는 생각이다. 물론 누구에게도 물어본 바가 없기에 나만의 생각인지도 모르겠지만, 요즈음은 이걸 이용해 수술까지 한다지 아마?

혼자 하는 여행은 여러 가지 한계가 있다. 특히 대중교통을 이용하는 것은 많은 제약과 번거로움이 따르므로 어지간한 거리의 여행에는 승용차를 이용하는 편이다.

뜻이 맞는 사람이라면 이따금 모르겠으나 구태여 사람들과 어울릴 필요를 못 느끼는 나는, 그래서 혼자가 편한 사람이다. 무엇보다 혼자 운전하는 것을 좋아한다. 예전에 비해 성능이 좋아진 카오디오가 부쩍 행복한 사람으로 만들어 주기에 어느 때는 그곳이 어딘지도 모른 채 세상 끝까지 가고 싶은 날도 있다. 혼자여서 편하고, 혼자여서 행복한 것은 단연코 책과 차가 있기 때문이다.

비 내리는 날, 혼자 운전하며 듣는 '멘델스존'과 '파가니니'는 가히 환상적이다. 말로는 할 수 없는, 끝내 내 힘으로는 닿을 수 없었던 어느 세계로 나를 안내하는 것 같다. 천국과 극락이 어떤 곳인지는 모르지만 이보다 더 좋을 수는 없다고 본다. 도처에 지뢰가 깔린 우리네 삶에서 이렇게 확실한 자신만의 위로가 없다면, 모르긴 해도 나같이 심약한 사람은 살았던 흔적조차 벌써 희미해지지 않았을까 싶기도 하다.

오늘 목적지는 남원 신계리 마애불.

내비게이션이 알려준 바로는 148km이니 휴게소에서 조금 얼쩡거린다 해도 왕복 4시간 남짓이면 운전하기에 적당한 거리이다.

오래전에 동창생들과 안면도 나들이 길에서 보게 된 서산마애불의 미소에 매료된 후로, 기회 닿는 대로 찾아다닌 불상 답사는 작은 즐거움이 되었다. 일정 수준의 안목도 갖추지 못한 아마추어에 지나지 않지만, 좋은 세상을 만난 덕에 관련서적도 읽고 인터넷 검색도 해가며 나름대로 해석하고 즐긴다. 아는 것만큼만 보이는 이치에 따라 고급한 많은 부분을 놓치고 있다는 것을 모르는 바 아니나, 어느 것 하나 똑 부러지지 못하는 자신을 달래며 그냥 그러려니 한다. 전문가가 되어야하겠다는 의지를 불태운 적이 없어서 옛말대로 '수박 겉핥기'만 하는 삶의 방관자 내지는 방랑자일 수밖에 없을 테지만, 나 같은 사람도 사는 곳이 인간 세상이다.

경주는 두말할 것도 없이 우리 문화유산의 보물 창고다. 그곳이 문화의 꽃을 활짝 피웠던 곳이라는 증거는 불상들의 완성도에서도 충분히 나타난다. 석굴암이 아니라도 남산의 목 없는 부처님의 왼쪽 어깨에서 흘러내린 가사의 매듭만 보아도 그 정교한 아름다움을 찬탄치 않을 수 없다.

어디까지나 개인적인 견해로, 신라의 불상들이 흠잡을 데 없는 위엄을 갖추었다면 옛 백제권, 그러니까 전라도 지방의 불상들은 어딘지 어설픈 듯 정겨움이 느껴진다. 이것은 완성도와는 관계없는 또 다른 무엇으로 이해해야할 것 같다. 나주 운주사 경내에 흩어져 있는 불상들을 보노라면 친근한 이웃집 아저씨 아줌마의 모습이어서 곁에 앉아 사소한 이야기를 나누고 싶은 마음이 들

정도이다.

"간밤엔 웬 바람이 그렇게 부는지~. 올겨울은 아무래도 상당히 추울 것 같네요."

"사위건 며느리건 촉새같이 말 많은 게 낫다는데~. 아줌마 사위는 어때요?"

처음으로 반했던 서산의 삼존마애불도 백제의 미소였다.

바쁠 것도 없이 천천히 운전하며 오늘은 천재 첼리스트였던 '뒤프레'의 연주로 멘델스존을 듣는다. 동서양을 막론하고 고전의 가치가 향기로운 것은, 그것이 우리의 영혼에 말을 걸어오기 때문이다.

영국이 사랑하고 내가 사랑하는 불세출의 뒤프레지만 '다발성 뇌척수경화증'이라는 희귀병으로 서서히 박제가 되어 마지막에는 눈도 깜박이지 못하고 1987년 42세라는 젊은 나이에 세상을 떠난 뒤프레, 그녀를 더욱 불행하게 했던 것은 자타가 운명의 사랑이라 일컬었던 23세에 결혼한 유대인 지휘자 '바렌보임'과의 관계일 것인데, 발병 후 그녀의 곁을 떠난 그는, 뒤프레가 사망하기 14년 동안 한 번도 찾지 않았다고 한다. 현재도 왕성한 활동을 하는 바렌보임은 얼마 전 대한민국에 초청되어 임진각에서 평화콘서트를 여는 등 살아있는 전설의 지휘자로 추앙받고 있으니 아, 인생의 혼란함이여…! 그들만의 얽히고설킨 사정이 무엇인지는 알 길이 없지만 마음이 복잡해지는 것은 어찌지 못해 머리를 저어본다.

섬진강휴게소에 들러 물을 하나 사야겠다. 허술한 성격 탓에 집에서 준비해온다는 걸 깜박해 버렸다. 물이 아니더라도 잠깐 쉬어 가야한다. 평일이라 비교적 한산할 것이라고 여긴 휴게소에는 의외로 많은 차량과 사람들로 붐빈다. 누구는 화장실을 이용하고 누구는 밥을 먹고 또 누군가는 나같이 뭔가를 사면서 사람들은 여일하게 이곳에서 잠깐이지만 인생의 짬을 즐기는 듯하다.

물을 한 모금 마시며 다시 시동을 거니 이어서 첼로의 음률이 흐르고, 가속페달을 힘차게 밟는다. 섬진강을 넘으면서 차량통행이 현저히 줄어든다. 경상도와 전라도의 경계인 것인데, 휴게소까지만 해도 북적이던 많은 차들은 대체 다 어디로 갔는지 모르겠다.

조금 전까지와는 극명한 차이가 날 정도로 한산해진 고속도로는 이제 막 정년이 되어 일선에서 물러난 어떤 이의 인생 같은 느낌이랄까. 쭉 뻗은 고속도로는 아직 갈 길이 멀다.

남원에 국보급의 마애불이 있다는 얘기는 스치듯 들은 기억이 있던 바, 구체적인 정보는 얼마 전 아파트 소규모 모임에서였다.

노모를 모시기 위해 기후가 따뜻하고 풍광이 수려한 곳을 찾아다니다 사천에서도 변두리에 속하는 이 아파트에 살게 되었다는 초로의 신사분이었다. 남원 광한루의 편액들을 자신이 번역하여 묶은 ≪광한루, 불멸의 나라≫라는 책을 소개하며, 혹시 남원에 가게 되거든 광한루만 보지 말고 꼭 신계리의 아름다운 불상도 보고 오라는 말을 덧붙였다. 이게 무슨 횡재인가! 눈이 번쩍 뜨여서 정확한 위치를 물었고 그분은 주소를 가르쳐 주었다. 차일피일하다 한 달여가 지난 오늘 드디어 길을 나섰다.

휴게소를 출발하여 1시간 남짓 달렸을까. 북남원 IC를 통과하고 얼마 되지 않은 한적한 곳에 '신계리 마애 여래좌상 2.2km'라는 안내판이 나타났다. 안내판 밑에 '임도 오솔길'이라고 표기가 된 것은 길의 형태를 나타낸 것 같은데, 정확하게 차는 어디까지 갈 수 있는지가 헷갈린다. 물어보는 수밖에 없다. 산길 입구에 있는 공장주차장에 차를 세우니 사무실 여직원이 문을 열고 내다보고, 나는 마애불까지 차가 올라갈 수 있는지 묻는다. 자기는 가본 적이 없기에 모르겠지만 코란도가 다니는 것을 보았으니 어디까지인지는 모르지만 올라갈 수 있을 것이라 한다.

그래, 모든 것은 관심이다. 나같이 먼 길을 헤매며 찾는 이가 있는가 하면 지척에 두고도 한번 볼 생각조차 안하는 이도 있다.

그리고 인가도 없는 이곳에서 길을 물을 곳이라고는 여기밖에 없는데, 돌아오는 답으로 보아 찾아오는 이가 거의 없다는 느낌이다.

구불구불한 산길을 1km쯤 오르니 공터가 나타나며 계단이 있는 오솔길을 향해 마애불이라는 화살표가 보인다. 그제야 입구 안내판에서 보았던 임도 오솔길의 의미가 이해되었다.

아무도 없는 오솔길 450m를 올라 드디어 마애불을 만난다. 기대 이상의 걸작이어서 바라보는 순간 황홀했다. 이렇게 웅장하고 아름다울 줄이야. 사람의 발길이 뜸한 남원의 골짜기 숲에 천년의 혼이 숨었을 줄이야!

자꾸만 웃음이 난다. 아무래도 부처님의 영험이 사람을 기분 좋게 하는 것 같다. 한참을 마주 보다 주위를 돌며 혼잣말을 해본다.

"부처님, 참 미남이시네요. 천 년 전 어느 임의 손길로 이토록 아름답게 탄생하셨습니까. 비 오고 바람 부는 날들을 그냥 견디고도 지금도 이렇게 미남이시니 고맙습니다."

보물 423호, 제작연대 통일신라시대, 도선 국사가 하룻밤 사이에 완성했다는 전설이 있고 보존 상태 아주 양호함. 특히 돋을새김의 구슬문

양이 줄에 꿴 듯 아름답다.

  그분의 말이 맞았다. 한시를 번역하신다더니 아마 불상 연구도
하는 모양이다. 사실 길을 헤맬 때는 속으로 약간 투덜거리기도
했다. 기왕에 가르쳐 준다면 조금만 더 친절했으면 좋았겠다는
아쉬움이 있었다. 하지만 불상 앞에 서는 순간 그 투덜거림이 미
안해지며 고마운 마음으로 넘쳐났다. 수고로울 가치가 충분한 보
물 중의 보물이었다. 그런데 가치에 비해 너무 홀대받는다는 느낌
을 떨칠 수 없다. 아름다운 문화유산을 후대에도 이대로 물려야
한다면 현재를 사는 우리가 좀 더 관심을 가져야할 텐데 말이다.
  불상에 기대어 눈을 감은 채, 숲의 고요에 나를 맡기고 천년의
향기를 맡는다. 100년도 못 채울 인생을 영원인 양 아등바등 늘
수고로운 내 인생아.
  사람의 그림자도 찾을 수 없는 숲속에서 아름다운 보물을 혼자
즐기며 오랜만에 충분한 행복에 젖어본다.

우체국 창가를 서성이며

등기우편을 이용하기 위해 우체국에 들렀다.

통신의 발달로 사람간의 편지가 거의 사라지면서 우체국도 많은 변화를 겪었지만 재래시장과 더불어 그나마 옛 모습을 간직한 곳이기에 정겨운 마음이 있는 곳이다.

특히나 이 우체국엔 계단도 있고, 계단에 놓인 화분도 있어서 젊은 날 우리를 사로잡았던 양인자 님의 노랫말을 떠올리며 향수에 젖기에 충분하다.

베고니아 화분이 놓인 우체국 계단
어딘가에 엽서를 쓰는 그녀의 고운 손

그 언제쯤 나를 볼까 마음 서두네.

나의 사랑을 가져 가버린 그대

어떻게 이토록 아름다운 말들을 할 수 있는지…. 감히 질투를 느껴본다. 이 외에도 〈킬리만자로의 표범〉에서 노래한 사랑의 정의는 젊은 우리를 얼마나 비감케 했으며 또 열광시켰더란 말인가.

우체국과 이어지는 사랑을 이야기 하자면 '사랑하였으므로 행복하였네라'를 빼놓을 수 없겠다. 청마 유치환님의 〈행복〉이라는 시에 쓰인 구절로서, 정운 이영도 님이 청마 사후에 20여 년 동안 청마에게서 받은 연서(戀書)를 묶어서 펴낸 책의 제목이다. 유부남과 과부의 사랑으로 지금까지 세간의 입에 오르내리며 술자리 안주거리로 씹히지만 과연 무슨 말을 할 수 있을 것이냐. 엄연한 그분들의 인생이었으며 삶은 누구에게나 엄중한 것이기에 그렇다.

청마가 누군가! 한두 편도 아닌 주옥같은 작품을 수없이 남긴 분이다. 하나같이 빼어난 작품이라 그야말로 근대문학사에 큰 획을 그어 우뚝하신 분, 그러기에 거제와 통영이 서로 자기 고장 사람이라며 문학관을 세워놓고 관광명소로 삼고 있으며 청마가 정운에게 편지를 부치던 통영중앙우체국은 청마우체국으로 개명

하려는 움직임도 있다.

작품의 향기와 사람의 향기는 같은 것일까, 다른 것일까. 적어도 청마라면 같으리라 믿고 싶다. 어떤 사랑이든 사랑은 그 자체만으로 순수한 것이며 인격과는 무관한 것일 수 있으니까.

청마에게 사랑이란 무엇이었을까. 알 수 없는 일이지만, 확실한 것은 그것이 영원한 주홍글씨라 해도 그분의 작품 또한 문학사에 영원한 금자탑이 되리라는 사실이다.

사랑하는 것은

사랑을 받느니보다 행복하나니라

오늘도 나는 에메랄드 빛 하늘이

환히 내다뵈는 우체국 창문 앞에 와서

너에게 편지를 쓴다.

-중략-

사랑하는 것은

사랑을 받느니보다 행복하나니라

오늘도 나는 너에게 편지를 쓰나니

그리운 이여, 그러면 안녕!

설령 이것이 이 세상 마지막 인사가 될지라도

사랑하였으므로

진정 나는 행복하였네라.

　　—유치환 〈행복〉

　통영여중에 함께 근무하게 되면서 시작된 두 분의 만남은 청마의 끈질긴 구애로 시작되었다. 그 후로 20년간 청마가 쓴 편지는 6·25를 겪으며 불타버린 것 말고도 5000통이 넘는다고 한다. 끝까지 사랑을 붙잡고 사랑을 믿었던 청마는 1967년 부산 좌천동의 어느 길에서 갑작스러운 교통사고로 생을 마감했다. 그리고 얼마가 지나지 않아 편지 가운데에서 200편을 간추려서 정운이 책으로 펴내었다. 이것도 많은 사람들에게 질타를 받은 일이다. 시인이며 교수였던 내 스승님도 한마디로 '미친×'이라고 했으니 말해 무엇하랴. 머리가 무겁지만, 주체할 수 없는 슬픔 앞에서 무너져버린 한 인간의 모습으로 받아줄 수는 없을까. 이것이 끝이라고 느끼는 순간의 처절한 몸부림으로 이해하고만 싶어진다.

　사랑하는 사람과의 영원한 이별이 어떤 형벌인 줄은, 말로는 차마 할 수 있을까보냐. '탑'이라는 시로 표현된 정운의 눈물은 실로 처연하다고 할 수밖에 없다. 그래서 그냥 눈으로 읽어야한다.

너는 저만치 가고

나는 여기 섰는데

손 한 번 흔들지 못한 채

돌아 선 하늘과 땅

애모(愛慕)는 사리(舍利)로 맺혀

푸른 돌로 굳어라

　　　　— 이영도 〈탑〉

　아아, 내가 하나님이라면 이 사랑을 기꺼이 용서하리라.

　경북 청도 명문가 출신으로 시조시인 이호우를 오빠로 둔 정운 이영도. 오라버니인 이호우 시인은 또 누구던가. 지금까지도 나를 포함한, 요즘말로 하자면 골수팬이 있을 만큼 걸출한 시인이다. 오라버니의 영향을 받았겠지만 자신의 재능과 노력 없이는 결코 이룰 수 없을 수려한 작품들을 남긴 정운은 청마와 같은 나이인 59세 때 뇌졸중으로 삶을 마감했다.

　생가에서 가까운 청도유천의 58번 국도변에 오누이 시비가 조성되어 있다. 뛰어난 문필가로서 시대를 달리하여 허균과 허난설원에 비견할 만하다는 것이 나의 생각이다.

나이든 사람에게는 누구나의 가슴에 빨간 우체통과 편지에 관한 추억이 있다. 밤잠을 설치며 몇 번이고 고쳐 쓴 편지를 우체통에 넣던 일, 집배원을 기다리며 하릴없이 마당을 서성이던 시절이 있었다. 이모티콘을 써가며 카카오 톡을 날리는 지금이 싫지는 않지만 한 템포 느리던 그때가 그리움으로 안겨온다. 모든 것은 변하는 것, 앞으로의 세상 또한 변하겠지만 온갖 일 다 겪고 사는 사람의 한살이는 영원히 변함없을 터이다.

128년 전, 그러니까 1884년(고종 21년) 4월 22일 우정총국이라는 이름으로 통신 업무를 시작했다는 우체국.(그래서 4월 22일이 정보통신의 날이다.)

우체국에 오면 오직 나만이 알 수 있는 또 하나의 세월이 있는데, 그것은 흘러간 아버지의 세월이다. 딱풀에 밀려 활용도가 낮아진 일명 물풀인 스펀지풀이 아직도 우체국에서는 쓰이고 있다.

스펀지풀은 아버지의 특허였다. 아버지는 압침 공장도하며 문방구용품에 관심을 가졌는데, 깡통에 담겨서 손가락으로 찍어 쓰던 풀을, 플라스틱 병에 담고 스펀지를 붙여서 손을 사용하지 않아도 되는 획기적인 상품을 세상에 내어놓으셨다. 발명가였지만 사업가는 아니던 아버지, 가내공업 수준이었던 공장으로는 엄청난 수요를 감당할 수 없었기에 돈 있고 힘 있는 사람들의 배신과 모멸을 그대로 견디며 안타깝게 사시는 것을 곁에서 지켜보았다.

아버지는 좋은 사람이었다. 비록 부와 명예를 누리지는 못했지만 돌이켜 생각해보면 잘 사신 것이고, 나는 아버지의 딸로 족하다. 95세까지 감기 한번 앓지 않으시던 아버지가 지금은 병상에 계시지만 모르긴 해도 주무시듯 편히 돌아가시리라 믿는다. 그래야 세상은 공평하고 살만한 곳일 것이기 때문이다.

아버지가 만드신 스펀지풀로 마무리하여 울산에 있는 아들에게 등기우편을 부친다. 그 옛날 내가 아버지를 떠나왔듯 아들도 이제 내 품을 떠난 세월, 그리고 청마와 정운의 그 세월이 우체국 창가의 어딘가에 머물고 있는 것만 같아서 쉬이 발걸음을 돌리지 못하겠다.

나는 자꾸만 서성거린다.

사람 사는 이야기 · I

최 아무개라는 사람이 있었다. 남편의 고향 친구였다. 젊은 나이에 머리가 백발이었지만 순박해 보이는 사람이었다. 그는 조금 더 떨어진 시골에서 농사를 지었고 우리는 장터에서 작은 시골의원을 운영했다.

그런 그와 가까이 지내게 된 것은 우리가 목장을 하게 되면서부터였다. 그도 살던 곳의 논밭을 처분하고 우리 곁에다 농토를 사고 젖소를 키우기 시작했다. 관리인이 있었지만 그래도 자주 드나들며 이웃으로 가깝게 지냈다. 그런데 아무래도 사는 모습이 조금 특이하게 보였다.

어디가 아픈 것도 아닌데 그는 매일 먹고 놀았다. 밭농사도,

젖소를 돌보며 시간 맞춰 젖을 짜는 것도 모두 아내의 몫이었다. 아내는 일에 지쳐서 나이보다 훨씬 늙어 보이는데도 간밤의 숙취로 인해 늦게 일어나서는, 그렇지 않아도 바쁜 아내가 차려주는 늦은 아침밥을 먹고 우리에게로 차를 마시러 오거나 오토바이를 타고 어디론지 사라졌다가 늦은 밤에나 돌아왔다.

아무리 사람마다 사는 법이 다르고 나름대로의 질서가 있다 해도 이건 도저히 이해할 수가 없었다. 그렇다고 어디가 이상한 사람이라거나 더구나 나쁜 사람 같지는 않았다. 많이 배우지는 못했지만 입만 열면 웃기는 말로 사람의 기분을 좋게 만드는 재주가 있었고, 거기다 셈도 깨끗해서 나무랄 데가 별로 없을뿐더러, 오히려 인간적인 매력이 느껴지기까지 하는 사람이었다.

어느 날 식사자리를 만들어 그들의 이야기를 들을 수 있었다.

항상 일을 하느라 변변한 인사도 나눌 수 없었던 부인은 웃는 모습이 예쁜 여인이었다. 형제도 없이 어려서 부모를 잃었던 여자는 삼촌 집에 얹혀서 사촌들과 부대끼며 자라났다. 허드렛일을 도맡아 하면서 일이라면 이골이 났고 당연히 교육의 기회도 없었다. 혼기가 차자 숙모의 주선으로, 아무것도 내세울 것 없는 옆동네의 노총각인 최 아무개에게 시집을 갔다.

시골생활이 싫었던 그들은 사촌처형이 살고 있던 부산으로 가서 남자는 공장노무자가 되었고, 여자는 사촌언니와 함께 근처 공장의 물건을 받아다 집에서 부업을 했다. 3년이 지나 돈이 모이기 시작하니 여자는 재미를 붙였다.

여유 돈이 생기자 자연스럽게 돈을 빌려달라는 사람들이 생기면서 돈놀이를 시작한 여자, 영악한 구석이라고는 한 군데도 없던 그녀는 어떻게 된 영문인지 자신이 가진 것을 다 떼이고도 큰 빚을 지는 지경에 이르고 만 것이다.

밤낮으로 울기만 하던 여자가 어느 날 사라져버렸다. 돌아오겠거니 하며 기다리기를 일주일을 넘겨도 나타나지 않자 남자는 직장을 그만두고 아내를 찾아 나섰다. 고향은 물론이고 기차역이나 버스터미널에서의 노숙을 일삼았고, 혹시나 하는 마음에 앞산과 뒷산을 샅샅이 긁고 다녔다. 흙무더기가 있거나 비닐만 펄럭여도 가슴이 내려앉더라는 것이 그의 말이다.

반쯤 미친 상태로 헤매고 다니기를 한 달을 넘겼을 때 처형이 불러 앉혔다. 만약에 돌아온다면 용서할 수 있겠느냐고 묻자, 살아만 있다면 그깟 돈이 다 무슨 소용이냐며 남자는 울었다. 처형은 뒷방 문을 가리키며 들어가 보라고 했다.

문을 열어보니 여자가 얼굴을 묻은 채 쭈그리고 앉아있었다. 둘은 부둥켜안고 얼마나 울었는지 모른다고 한다. 시간이 멈춘 듯, 온갖 설움을 쏟아내며 정말 실컷 울었단다. 그 후, 남자의 퇴직금까지 합쳐 빚잔치를 하고 그들은 다시 고향으로 돌아왔다.

참 희한한 것은, 검었던 남자의 머리가 그때부터 희어지기 시작하더니 얼마 지나지 않아 완전한 백발이 되어 버렸다. 여자는 늘 천덕꾸러기였던 자신이 적어도 이 사람에게만은 귀한 존재임을 처음으로 알았다고 했다. 그러기에 이 사람을 위해서는 몸이 부셔져도 좋고, 어떤 경우라도 평생 쉬게 하리라 결심했단다. 그래서 누가 무슨 말을 하든 상관없으며, 자기를 믿고 놀아주는 남편이 고마울 뿐더러 오히려 행복하다며 웃었다.

그들의 이야기를 듣는 내내 감격스러웠다. 겉으로는 그냥 "예, 예" 했지만 머릿속에서는 오만 가지 생각들이 들끓고 있었다.

"아아, 사랑이 이런 옷을 입고 찾아오기도 하는구나."

"이토록 완전하게 나를 내려놓을 수 있는 계기가 있는 것도 축복이 아닌가." 등….

독일 출신의 의사이자 작가인 마르크스 피카르트는 그의 저서 ≪침묵의 세계≫에서 이렇게 말한다.

"사랑하는 사람들은 원현상(原現象)의 세계, 말하자면 설명보다는 상징이 더, 말보다는 침묵이 더 잘 통하는 세계 속에서 살고 있다."

그랬다. 그들이야말로 이제는 전설이 되어도 좋을만한 사랑의 수줍음을 간직한 채 그 원현상의 세계에서 살고 있었다.

누가 인생을 한 치 앞도 모른다했던가. 인생이란 것은 사무치게 아름다운 순간에도 악마의 손톱을 감추고 있는 것인가. 이런 사랑마저 믿을 게 못된다면 끝내 우리의 정착지는 없다는 말인가!

여름이 끝나가고 있을 때쯤, 어쩐 일인지 최 아무개의 모습이 잘 보이지 않기 시작했다. 얼마 전에 중고차를 한 대 샀다고 자랑하러 왔다가 간 후로는 못 본 것이다. 그러고 보니 그는 새로 장만한 차로 제법 먼 거리를 오가는 눈치였고, 아내는 일하는 어깨가 처지고 하루가 다르게 수척해져가고 있었다.

소문이 돌기 시작할 무렵 아침부터 술 냄새를 풍기며 그가 나타나더니, "어쩌다보니 여자가 생겼는데 너무 괴롭다."는 말투가 은근한 자랑으로 들렸다. '어쩌다보니'라는 말을 여러 번 되풀이하는 걸로 봐서 아내 때문에 괴로워하는 건 분명했지만 순수함이 약점이 될 것도 그만큼 분명해 보였다.

순수함이란 때론 모든 것이기도 한가보다. 그 순수에다 악마의 옷을 입히니 한 치의 어긋남 없이 악마가 되는 것을 보았으니까. 불나방이 되어가는 모습이 안타까웠지만 누가 뭐라고 할 것인가. 아내는 바라보기에도 안쓰러웠다.

그렇지 않아도 작은 체구가 더욱 작아져서 밭고랑에 엎드린 그녀는 형언키 어렵게 애처로웠다. 누구와도 말을 섞지 않고 입을 닫아버린 그녀를 세상의 어떤 말로도 위로할 수 없었다.

어느 날 저녁 무렵, 인기척에도 고개를 들지 않는 그녀의 한쪽 손을 두 손으로 말없이 잡았더니, 눈물이 고인 채로 하던 말,

"그래도 잠은 집에 와서 잡니다."

가슴 아픈 말이었다. 어떻게든 앞으로의 결혼제도는 바뀌어야 한다는 생각을 했다. 어쩌면 벌써 진행되고 있는지도 모르지만 머지않은 장래에, 아주 자연스럽게 분명 그렇게 될 것을 의심치 않는다.

아니나 다를까, 오래지 않아 그 여자가 대놓고 드나들기 시작하더니 급기야 우리에게까지 데리고 나타나서는 아주 자랑스러운 듯, 친하게 지내자는 것 아닌가. 벌써 다른 친구들과는 안면을 트고 지낸다고 했다.

그는 완전히 미쳐 있었다. 예전에 아내를 찾아 헤매고 다닐 때는 반쯤, 그리고 지금은 완전히 미쳐 있었다. 그렇지 않고서야 대놓고 아내를 죽으라는 것과 무엇이 다르겠는가. 인근 도시에 산다는 여자는 농사꾼인 그가 좋아할만한 외모에다, 시장 상인을 상대로 사채놀이를 하기 때문에 먹고 살만하다고 했다.

어느 날인가 자기 생일이라며 한 무리의 여자들을 끌고 나타난 그 여자에게, 도저히 참을 수 없었던 내가 가시 돋친 말을 쏟았다. 약간 흥분했었고 대책 없이 젊은 때였다. 많은 말을 했지만 마지막 말만 생각난다.

"이것은 사람으로서 할 수 있는 짓이 아니다. 이러다가는 누구 하나 죽어나간다." 이 말은 하지 않아야했다. 한번 나간 말은 주워 담을 수도 없는데 그만 막말을 하고 말았다.

여자는 당당하게 맞섰다. 다시 이 집에 오는 일은 없을 테니 남의 인생에 간섭 말고 댁이나 잘하고 살라고 했다. 그렇게 둘은 마냥 즐겁고, 그의 아내는 나날이 말라가던 어느 날 기어코 일이 터지고 말았으니, 음주운전이었던 그가 마주오던 버스와 정면충돌, 그 자리에서 사망한 것이다.

장례를 치르던 날에, 아내는 넋이 나간 듯 울지도 않았고 도시 여자는 땅바닥을 치며 울다가 몇 차례 실신을 했다.

아내의 사랑과 희생으로 그만하면 족한 삶일 수 있었는데 과욕이 화를 부른 것인가…, 그러나 자족하기가 말같이 쉽지 않다는 것은 누구나 알고 있다. 그는 항변하고 싶었을 것이다. 온갖 것 다 누리고 사는 놈도 많은데 왜 나는 욕심 좀 부리면 안 되냐고 말이다. 그 후 도시 여자는 알고 지냈던 이들에게 이따금 전화를

해서 입바른 소리를 한 나를 원망하면서,

"여러분은 다 계시는데 우리 그이는 어디로 갔습니까?"라며 서럽게 몇 번을 울더라고 한다.

생각해보면 너나 나나 다 불쌍한 인생의 군상들일 뿐인 것을, 어쩌자고 그런 막말을 했는지 두고두고 후회스럽지만 어쩔 수 없는 일이 되었다.

고향의 선산에다 남편을 묻은 아내는 젖소도 팔아버리고 농사도 짓지 않았다. 일을 해야 할 이유가 없어진 까닭이다. 어쩌면 살 이유마저 사라졌는지도 모른다.

방문도 걸어 잠갔다는 소리가 들릴 때쯤 우리는 이사를 가게 되었다. 마지막으로 찾아갔을 때 소문과는 달리 문을 열어놓고 청소를 하고 있었다. 이번에는 서로 두 손을 마주잡았고, 그녀가 무너지듯 울고 나도 따라 울었다.

그렇게 헤어진 후로는 소식을 모르지만 어떻게든 살아가고 있을 것이다. 목숨이란 때로는 질긴 것이기도 하니까.

인생이란 것이 지나고 보면 짧은 꿈이지만 삶의 격랑 속에서는 영원처럼 길기도한 것이 아니던가. 온갖 일 다 겪으며 이리저리 부대끼는 인생길에서, 지금쯤은 부디 왁자지껄 떠들어대는 수다쟁이 아줌마가 되어있기를 바라는 마음이다.

사람 사는 이야기 · Ⅱ

―용환 오빠

우리 가족은 모두 노래를 잘한다. 친가 외가를 비롯하여 그 자손들까지, 그러니까 집안 내력인 것이다.

젊은 날의 아버지는 가수가 되려고 전국을 떠돈 경험이 있고, 엄마는 시집온 날 시댁식구들의 강요에 떠밀려 〈뿅따러 가세〉라는 노래를 불렀는데 지켜보던 이들이 뒤로 넘어갈 정도의 꾀꼬리였다고 한다. 또, 든든한 오빠의 후원으로 가수가 되려고 서울로 갔던 고모는 꿈도 이루지 못한 채 교통사고로 생을 마감하니 꽃 같은 나이 20살이었다.

세상사 어떤 것이 끝 있는 이야기가 있을까마는 우리 집안의 노래에 얽힌 사연 보따리도 풀려고 들면 끝이 없다. 하나같이 악착같은 데라고는 없는 물러터진 성품에, 하나같이 가무(歌舞)에 소질을 가진, 옛말로는 광대요 요즈음말로는 연예인의 기질이 있다 하겠다.

그래서일 것이다. 일찍이 부산에 터전을 잡은 아버지는 결혼과 동시에 기독교에 뿌리 내려서 일생 유행가는 터부시하셨지만 여동생은 말리지 못한 한을 품으셨고, 나도 자라나며 외삼촌을 비롯한 친척들의 끼가 싫었기에 나와는 반대의 사람을 원했던 것 같다. 그 결과 넷이나 되는 내 자식들은 노래에 관한한 나를 닮지 않았다.

세월이 흐르고 나는 생각한다. 사람의 성향이란 옳고 그름의 문제도 아니고 더구나 좋고 나쁘고의 잣대로 잴 수 있는 것이 아니며, 타고난 그대로 내가 가진 것을 긍정하는 것이 하늘 아래 사는 우리의 자세가 아닐까한다. 겸손이란 어쩌면 못마땅한 자신을 그대로 받아들이는 것부터 시작되어야 하는지도 모르는 것이다.

노래에 얽힌 많은 사연 속에는 얼마 전 세상을 떠난 용환 오빠의 이야기를 빼놓을 수 없다. 내가 지금껏 들어본 노래 중에 최고였던 한 사람이 이 세상을 살고 간 이야기다.

아버지가 3대 독자였고 고모마저 일찍 가버린 우리에게는 사촌은 물론이고 육촌도 없었다. 그래도 우리 집은 친척들로 들끓었는데 거의가 할머니의 조카들이었다. 아버지에게는 외사촌들이었고 친척의 개념을 잘 모르던 어린 우리는 그냥 삼촌, 고모로 알고 자라났다.

어느 날, 삼촌쯤으로 불러야 마땅할 것 같은 이가 나타나더니 오빠라고 했다. 할머니 장조카의 아들이었다. 그날부터 오빠는 공장을 하던 우리 집의 일을 거들며 함께 살았다. 내가 중학생이었을 때다.

결코 미남이라고는 할 수 없지만 백만 불짜리 미소를 날리며 열심히 일만 하던 오빠, 그렇지만 사실은 자신의 이름으로 취입한 〈보리밭〉이라는 노래가 있을 뿐 아니라 처녀 팬들 때문에 몸살을 앓을 정도로 잘나갔던 방송국의 전속가수였다. 당연히 가장 끈질긴 처녀와 결혼하여 자식 셋을 둔 가장이었는데, 역시 가수이면서 밤무대에서 연주가로 일하던 동생이 간경화로 사망하는 일을 겪으며 노래와 연을 끊기로 작정한 것이었다.

인생의 길을 바꾸기로 결심하고 우리 집에 살던 오빠에게 많은 사람들이 찾아 왔는데 그중에는 당대 최고의 인기아나운서였던 '이광재'씨도 있었다. 그이는 오빠를 설득하러 온 것이 아니라 자신 또한 미국으로의 이민을 결정했으므로 마지막으로 보기위해 들렀었고, 둘은 짧은 순간을 손만 잡고 서 있다가 헤어졌던 것으로 기억한다.

그렇게 2년 정도가 지나고 내가 고등학생이 되었을 때, 가족들을 불러온 오빠는 그 시절 호황이던 신발공장의 노무자가 되어 독립했다. 집안 대소사가 있을 때만 간간히 마주치던 오빠가 어느 날인가 웃으면서 하던 얘기가 생각난다. 사내(社內) 노래자랑에 나가 1등상으로 쌀 한 가마니를 받았다나 어쨌다나~.

김해에 집을 장만했다는 소식이 있을 때까지만 해도 노무자 생활이었지만 오빠는 행복했지 싶다. 토끼 같은 자식들과 사랑하는 아내가 있고 작으나마 내 집이 있으니 한 집안의 가장으로서의 역할에 만족했을 테니까.

내가 보기에 오빠는 무척이나 가정에 헌신적인 사람이었다. 공장 노무자가 된 것도 따지고 보면 자신보다는 가족을 위함이 아니었겠는가. 그런데도 얼굴이 반반하던 올케언니는 바람이 나서 집을 나가고 아이들은 자라면서 모두 빗나갔으니 인생이란 어찌 이리도 알 수 없는 것인지ㅡ.

내 결혼식 참석을 마지막으로 오빠는 연락을 끊었다. 그만큼 철저히 불행했다는 얘기가 된다.

오랜 시간이 흐른 후, 아버지의 구순잔치를 앞두고 내가 오빠를 찾기로 했다. 어렵게 연락이 닿았으나 무척 반가워하면서도 만나기를 망설이는 눈치였다. 수소문하여 집을 찾고 보니, 참으로 비참한 광경에 말을 잃을 지경이었다. 한겨울인데도 집안에 온기라고는 없이 손바닥만한 전기장판이 보일뿐이었고, 서서히 마비증세가 왔다고 하는 몸의 상태는 지팡이에 의지해서 가까스로 움직이고 있었다. 성치 않은 몸에 온기마저 없는 방을 결코 내보이고 싶지 않았을 오빠, 최소한의 자존심을 지키고 싶었을 텐데…. 그날 나는 무례를 범했지만 후회하진 않는다. 다행인 것은 집을 나간 것으로 알려졌던 올케언니가 함께 있다는 사실이었다. 언니는 나를 보며 부끄러워했고 나는 언니에게 고맙다고 했다.

그래도 움직일 수 있으니 아버지를 보러가자는 내 설득에 오빠는 옷을 갈아입었다. '썩어도 준치'라는 말이 있던가. 비록 지팡이를 짚었지만 모자를 쓴 모습은 아직도 멋쟁이였다. 그날 저녁에 우리는 노래를 불렀다. 하나같이 명창인지라 서로에게 감탄하는 진풍경이 펼쳐졌고, 지팡이를 짚고 일어서서 용환 오빠도 노래를 불렀다.

무슨 노래였던가?

우리는 울었다. 울 수밖에 없었다. 너무나 아까워서, 너무나 애달파서, 변하지 않은 그 목소리를 감당할 수 없어서 흐느껴 울었다.

그 일이 있은 후, 한 번씩 오빠가 전화를 해왔다.

"동생, 기회가 있으면 꼭 노래대회에 나가보게."

자기는 버렸으면서도 나보고는 하라는 말에 웃음이 났다.

"오빠, 한번 갈 게요."

몇 번의 약속이 있었지만 허사가 되고, 뜸하다싶어 전화를 했더니 아무에게도 알리지 말라는 오빠의 부탁대로 얼마 전에 조용히 상(喪)을 치렀다고 했다. '조용히'라는 말이 풍기는 쓸쓸했을 풍경을 떠올리며 가슴이 미어지던 나.

늦었지만 나는 오빠의 부탁을 들어주고 싶었다.

관심을 가져보니 전국에서 열리는 크고 작은 가요제가 많기도 한 것을 알게 되었고, 젊은이가 주류를 이루는 판이기에 약간은 쑥스러웠지만 지방에서 열린 가요제 두 군데에서 대상을 받는 쾌거(?)를 올렸다.

그렇게 해서 요즈음의 나는, 내 또래거나 나보다 나이 많은 학생들이 있는 복지회관의 노래교실에서 자원봉사자가 되어 노래를 가르친다. 천상의 목소리를 감춘 것이 죄라면 모를까 누구보다 열심히 살았는데도 그토록 비난한 노후를 보내다 쓸쓸하게 최후를 맞은 오빠와, 노래로 인해 너무 일찍 세상에서 사라져버린 고모의 한을 풀어내듯 나는 마이크를 잡고 힘껏 노래 부르며 나의 재능을 기부한다. 얼마 전에는 자원봉사자상도 받았다. 만약 이러저런 얘기를 전할 수 있었다면 오빠는 분명 크게 기뻐했을 텐데, 너무 늦은 일이 되어 버렸다.

마지막 만남이 되었던 그날의 노래방에서 혹시 후회한 적은 없는지 물었을 때 말없는 웃음 뒤에 감추었던 말, 그리고 지금이라도 해보라던 권유 속에 감추어진 그 가슴속말을 나는 이렇게 듣는다.

"동생, 다 살고 보니 별것 아니네. 지난 삶을 후회하지는 않지만 꼭 그렇게 버릴 일은 아니었다고 생각하네. 유명인이 못된 것보다는 내 재능을 사랑하며 살지 못한 후회는 있으니 동생은 부디 그러지 말게나."

보리암(庵)에서

산과 바다, 그리고 쏟아질 듯한 기암괴석이 절묘하게 어우러진 보리암은 절경 중의 절경이다. 자연이 빚은 하모니에 보리암이라는 등불이 매달려 그야말로 절창(絶唱)이 되었다. 해안가 절벽위에 위태롭게 매달린 등불이지만 만인의 가슴에 평화와 소망의 빛을 비춘다 할 것이니, 남해가 한국의 아름다운 보물섬이 된 것도 단연코 보리암이 그 꼭지점을 찍었기 때문이라고 생각한다.

사시사철 사람들의 발걸음이 끊이지 않을 뿐더러 밤낮으로도 그 걸음이 끊이지 않는 보리암! 이곳을 찾는 그들의 소망은 어쩌면 스스로 등불이 되어 거기에 매달리고 싶은 것은 아닐까. 각기 짊어지고 온 삶의 고단함을 부려놓으면 그것들은 바람에 실려 여기의 절경 속 어딘가로 흔적 없이 스밀 것만 같다. 그리고 간절한 소망만이 타는 촛불로 남아서, 속절없는 세월 속에서 울고 웃었던 나라는 존재가 한 자루 향 끝의 연기로 피어올라 영원과 합일되리라는 믿음이 자연스럽다.

침묵합니다.
그 말 너머에 우리가 있습니다.
어둠 밝히는 등불이고 싶은 내가 있습니다.
어떤 이름으로 불러야 대답하시렵니까.
어떤 음성으로 불러야 오시렵니까.
아! 허공보다 더 큰 임이여 임이시여.

흐느낍니다.
그 눈물너머에 우리가 있습니다.
영원 속에 빛나는 별이고 싶은 내가 있습니다.
향 올리는 손끝 떨리옵나니
사루어지는 향내 속으로 그대 오시옵소서.
아! 허공보다 더 큰 임이여 임이시여.

보리암은 천년고찰이다.

원효대사의 창건설에 더 무게가 실리지만 일설에 의하면, 인도 아유타국의 공주로서 수행원 20여 명과 함께 돌로 만든 배를 타고 가락국의 시조인 김수로왕에게 시집온 허황옥의 삼촌인 장유화상이 창건했다고 한다.(장유화상의 이름은 허보옥, 수행원의 일행이었고 승려였으며, 현재 김해 장유면에 위치한 장유사에 장유화상의 사리탑이 있다.)

주 법당인 보광전에 모셔진 관세음보살도 그때 배에 싣고 온 것이고, 신비한 기운이 감돈다는 삼층석탑 또한 배에 실려 온 인도의 파사석(婆娑石)으로 조형된 것이라 한다. 전설처럼 들리지만 많은 것들이 현재도 우리의 눈으로 확인되고 있으니 사실에 근접한 얘기일 가능성이 높다. 아무튼 천혜의 자연에 세월의 전설까지 더해진 보리암의 면면은 불자들이 영원의 안식처로 삼기에 충분 조건을 갖추고 있다.

보리암은 기도도량이다.

강원도 낙산사의 홍련암, 강화도 석모도에 위치한 보문사와 더불어 한국의 3대 관음도량이다. 나약한 인간들에게 의지처가 되어서 언제 어디서나 부르기만 하면 대자대비의 손을 뻗어 인간의 괴로움을 어루만지고 원(願)을 들어주는 관세음보살이 상주(常住)

하신다는 뜻이다. 자비의 화신인 관세음보살에게 나를 맡기러 오는 곳이기에 엎드려 절하고 염불하며 끝없이 나를 낮추는 곳이다.

　일행이 없는 나는 오늘 여기서 하룻밤을 지내려 한다. 평일이라 그나마 덜 붐비지만 주말에 정신없이 붐빌 때도 나름대로의 질서로 정숙하고 정돈된 곳이기에 사정이 허락하는 한 이곳에서의 하룻밤을 마다하지 않는다.

　특별한 원이 있어서가 아니라 한껏 나를 내려놓는 마음으로 오늘은 천배를 목표로 절을 하려한다. 순발력은 뛰어나지만 끈기가 평균 이하로 부족한 자신을 이렇게라도 스스로 때려주고 싶다.(아니다. 위로하고 싶은지도…) 몇 번의 시도에도 불구하고 한 번도 성공한 적 없는 이 도전은 어떤 것도 온전히 이룬 적 없는 내 인생과 크게 다르지 않다.

　먼저 보광전에 들러 삼배를 한다. 주존불인 관음불 양옆으로 남순동자와 해상용왕이 협신불로 모셔진 이 불상은 통일신라시대의 것으로 추정되고, 또는 가락국의 허왕후가 인도에서 가져왔다고도 하니 세월을 가늠하기 힘들 정도다. 편액 또한 근대의 큰 스승이신 경봉스님의 글씨라는데, 어느 것 하나 우리 불교문화의 묵직한 역사라고 하지 않을 것이 없다.

　내가 아는 어떤 이는 이 보광전에서 실제로 원을 이루었다. 사업실패로 어려운 날을 보내던 중에 보리암을 찾아 보광전에서 절을 하며 실컷 울었는데, 흐르는 땀과 눈물을 닦는 어느 순간 고개를 드니 관음불이 자신을 바라보며 빙그레 웃더라고 한다. 지금은 재기에 성공해서 승승장구하고 있는 그 사람의 됨됨이로 보아 아주 허튼소리는 아니지 싶다. 예로부터 한 가지 소원은 꼭 들어준다는 영험도량이라는 말이 그냥 생긴 것도 아닐 것이기에 더욱 그러하다.

촌스럽다면 촌스럽고 앙증맞다면 앙증맞은 보광전의 관음불은 내 안의 모든 말들을 알고 있는, 어쩐지 예전의 내 모습 같기도 하고 미래의 내 모습 같기도 해서 아무 말도 못하고 바라만 보다 물러나온다.

돌계단을 내려서서 해수관음상 앞에 섰다. 1970년에 조성되었다는 미소가 아름다운 해수관음상은 얼굴에 감도는 미소뿐 아니라 자태 또한 아름다워서 사람의 마음을 믿음으로 물들인다. 그 앞에서라면 누구라도 고단한 삶을 스스로 다독이며 마음 같지 않은 세상을 이해하고 그냥 품고 싶어진다. 그래서 바다를 조망하며 미소를 머금은 해수관음상도 어느새 이곳의 절경과 하나가 되어 불자들의 가슴속 어머니로 새겨졌다. 아, 목 놓아 부르고픈 어머니~.

보리수나무로 만들어진 염주를 세며 엎드려 108배를 시작한다.

"부모에게서 태어나기 전에 어디에 있었는지도 모르는 내가 지금 여기 관세음보살님께 절을 합니다. 어머니, 세상의 어떤 것도 이루어 쌓고 싶지는 않습니다. 오직, 간절히 알고 싶을 뿐입니다."

"오늘이 생의 마지막이라 해도 홀가분히 떠날 수 있는 혜안(慧眼) 기를 수 있기를 간절히 바라고 바라옵니다."

108배만으로도 벌써 온몸이 땀에 젖는다. 수건으로 흐르는 땀을 닦으며 탑돌이를 하는 무리에 끼어 나도 탑을 돌면서 또 한 번의 염원으로 가슴이 뜨거워진다.

저녁예불 시간이다.

법당에 들어서니 예불시간에 맞춰 올라온 사람들로 가득하다. 30분 정도의 예불이 끝나자 관세음보살 정근(精勤)이 계속되고, 원 하나씩은 가슴에 품었을 사람들의 소리에 목소리를 맞추며 그들과 하나 되어 나간다. 한 목소리로 관세음보살님의 명호(名號)를 부르는 사람들~.

어둠이 내리기 시작하니 하나 둘씩 자리를 뜨는 가운데 마지막까지 남은 사람은 오늘 여기서 철야를 할 사람들이다. 나도 그들 중 하나가 되어 마실 물과 수건을 준비하고 가부좌로 앉아 마음을 가다듬는다. 늘 번잡한 세상살이에 이런 시간을 가지기가 어찌 쉬운 일이더냐. 오늘은 관세음보살님께 나를 맡기고 세상을 잊으리라. 어리석어도 어리석은 줄 모르는 무지함을 땀과 눈물로 씻어내리라.

108배 마다 잠시앉아 쉬며 비 오듯 쏟아지는 땀을 닦아내기를 몇 번, 500배가 가까워오니 고통인지 서러움인지 터져 나오는 눈물을 가누기 힘들다. 소리죽여 흐느끼며 땀과 눈물로 범벅이 된 채로 관음불을 바라본다.

"말하지 않아도 나를 아시는 관세음보살님이여. 진정 나는 누구입니까?"

자정이 되었다.

법당 문이 열리며 누군가가 들어선다. 초로의 노신사와 젊은 청년이다. 같이 들어왔지만 일행은 아닌 듯, 노신사는 저쪽으로 가 좌선에 들고 젊은이는 내 옆에 자리를 잡더니 무거운 배낭을 벗고는 곧바로 절을 시작한다.

아마도 먼 길을 온 모양새다. 이래서 이곳이 밤낮이 따로 없다고 하는 것이다. 나는 일곱 번째 108염주를 돌리느라 힘겨운데 청년은 연신 땀을 닦으면서도 쉬지 않는 모습이 새삼 인간 세상의 든든함을 상기시킨다. 그렇다. 아무리 힘겨워도 사바세계인 인간 세상만이 깨달음의 길이 열려있는 구원처라 하지 않는가.

　새벽 1시가 되니 절을 마친 청년은 다시 배낭을 메고 어디론가 떠나고, 749배를 마친 나는 움직이지도 못할 지경이 되었다. 스스로 한심하지만 새벽예불까지는 요사채로 내려가 조금 등을 붙여야겠다. 이번만이라는 다짐도 육체의 극심한 고통 앞에서 속절없이 무너진다. 오늘은 여기가 한계인 듯, 아침에 나머지를 채울 수 있을지는 모르는 일이 되어 버렸다.

　언제나 나는 나를 넘지 못한다. 악착같은 데라고는 한 군데도 없기에 이제껏 세상을 유랑하듯 산다는 소리를 많이 들었다. 누가 뭐라든지 상관하지 않지만 그래서 혹시라도 주위에 피해가되었다면 미안한 일이다. 사람들은 누구나 자신이 피해자라고 여긴다. 허나 그것은 죽을 때까지 어리석음의 굴레를 벗지 못하는 인간의 한계일 수 있다.

　육체의 고통은 잠시 멈추었다 해도 밀물처럼 밀려드는 상념들로 인해 몸은 뉘었지만 잠이 올 리 만무이다. 다시 일어나 밖으로 나오니 상현달이 떠서 비추고 있는 보리암의 밤풍경이 무언의 설법을 하는 듯…. 아아, 자연 앞에 나는 한낱 미물일 뿐이던가.

　이제 곧 도량석을 시작으로 새벽예불이 시작되면 또 어디선가 모여든 사람들이 법당을 채우고 관세음보살을 부르겠지. 과연 나는 108염주를 몇 번이나 더 돌릴 수 있을 것인가.

콩나물국에 소찬인 아침공양을 마치면 새벽에 배낭을 메고 떠난 청년처럼 아픈 다리를 이끌고 나 또한 세상 속으로 떠나야 하리라.

점잖음을 동경하는 마음

사람을 평하는 말 중에 점잖다는 것이 있다.

그 말이 지니는 적당한 무게감과 무채색 같으면서도 은은히 빛나며, 결코 요란하지 않으면서도 친절한 느낌이 좋다. 경박스럽지 않은 몸짓은 물론이고 나지막이 힘이 실린 목소리에 온화함이 묻어나는 사람, 말하자면 일정 이상의 인격을 갖춘 이에게 보내는 찬사일 것이니, 이것은 우아함과도 썩 잘 어울려서 그런 것과는 거리가 먼 나를 얼마나 많이 주눅 들게 하는지 모른다.

어찌 내게만 해당되는 것이겠는가. 드러내어 표현하지는 않지만 실로 많은 이들이 그렇지 못한 자신을 부여안고 전전긍긍할 것이며 때론 괴로워 할 것인 줄을 안다. 이것은 내가 그러하기에 너무 잘 아는 문제이다.

나로 말할 것 같으면 남의 말을 듣는 것보다 내 말이 많을 뿐 아니라 목소리까지 커서 스스로 한심한 생각이 들 정도의 사람이다. 알면 고친다지만 사람의 성향이란 그리 간단한 성질의 것이 아닌 것 같다. 그래서 그냥 생긴 대로 살기로 마음먹은 지가 오래되었다. 슬프지만 내 몫이 아니려니 한다.

자신을 안다는 것도 어떤 면에선 괴롭고 귀찮은 일이다. 전화 잘하지 않고 자주 만나는 것조차 꺼리는 나를 사람들은 이상하다 냉정하다 하지만, 말이 많아 간혹 실수라도 할까봐 노심초사 떨고 사는 사람이라는 걸 모르고 하는 소리다. 그러니까 알고 보면 품위유지를 위해, 장기로 칠라치면 졸(卒)을 움직이는 얄팍한 한수를 두고 있는 못난 인생이 실체인 줄을 어찌 다 밝힐 수 있겠는가.

물론 이런 말까지 다하며 지내는 친한 이들이 몇 있기는 하다. 정말 고맙고 소중한 사람들이다. 단언컨대 이들은 나보다는 한수 위의 인격자들이다. 그들은 말한다.

"그러니까 너지."

그들은 나의 단점을 장점으로 보는 눈을 가지고 있다. 수다스러움을 솔직함으로, 세상물정에 어두운 맹함을 투명함으로, 내가 스스로 똥배짱이라 부르는 그것을 용기로 봐준다.

논리로 설명되지 않는 것들이 수두룩한 것이 인간 세상이다. 특히나 사람과의 관계가 그렇다. 같은 말 같은 행동인데도 어떤 이에게는 좋게 보이고 어떤 이는 싫어하는 것인데, 뱀에게 물리면 사람은 죽을 수도 있지만 소는 시원해서 빙그레 웃는다나?

이런 문제를 풀기 위한 방편으로써 동양에는 역학이, 서양에는 에니어그램이 있다 하겠다. 인간세상이 열리면서부터 갈등은 시작되었을 것이므로 동서양의 이 학문들은 아마도 자연 발생하지 않았나 싶다.

아프가니스탄이 발생지로 지목되는 에니어그램은 고대 전통의 지혜와 현대의 심리학이 결합된 학문이라 일컫는다. 에니어란 그리스어로 9를 뜻하는데 즉, 사람의 유형을 아홉 가지로 분류하고 있다. 대규모 조사를 하여 통계를 내어보니 남녀의 비율이 그렇듯이 유형의 비율도 균등하게 나왔다고 한다.

에니어그램은 정신의학자 칼융의 집단무의식이론을 바탕으로 하여 크게 성장하였는데, 칼융이 주장한 바에 의하면 인간의 성격은 후천적 경험보다는 선천적으로 물려받은 것이 더 강하게 작용한다는 것이다.

에니어그램에서 이야기하는 것의 요점은 사람들은 성향이 다를 뿐이지 그것이 틀린 것이 아니라는 것과, 타고난 것은 변하지 않지만 노력여하에 따라 인격은 변화 시킬 수 있다고 말한다. 인격의 변화? 너무 황홀한 말이다. 그리고 어느 정도 수긍이 되기도 한다.

동양철학인 역학의 오행으로 풀어보면 나는 강한 불의 기운을 가진 사람이다. 사리분별 분명하고 성격이 밝긴 하지만 말이 많아서 구설에 오를 수 있으니 조심해야 한단다. 물론 처음으로 그 말을 듣는 순간에 약간 놀라기는 했다. 그래서 알아보겠다며 쫓아다니기도 했지만 결론은 참고사항이려니 한다.

말없는 사람이었던 내가 끝없이 절망하는 한 시절을 보내며 변했다는 것을 알고 있다. 바람직하지도 또한 원하는 바도 아니었지만 삶을 위한 몸부림 끝에 도달한 그곳에서, 웅크리고 울고 있던 또 다른 나와 만나며 말 많고 두둑한 배짱의 소유자로 변한 사실을 무엇이라 설명해야 옳다는 말인가.

오래 전부터 알고지낸 이들 가운데 어떤 이는 불가사의라고도 하고 또 어떤 이는 한 소식 했다고도 한다. 무엇이 한 소식인지는 모르겠지만 삶의 끈마저 놓고 싶었던 그때, 만약 다시 살아야한다면 나를 위해 마련된 인생의 장에서 마음껏 춤추리라는 의지를 다졌던 것은 사실이다. 그러면서 나를 둘러치고 있던 경계들이 허물어져 버렸다. 하지만 이것도 내 의지라고 해야 한다. 물론 끝까지 내몰렸던 절망이 계기가 된 것은 사실이지만 그 끝에서 경계를 허문 것은 스스로의 의지가 아니고서야 어찌 가능한 일이었겠는가.

경계의 무너짐, 그것이 전부였다. 그 후 예전과는 다른 사람이 되었다. 그렇다고 바람직한 인간으로 거듭난 것이 아니라는 점은 앞서 말한 바 있거니와, 어쩌면 변하기 전의 모습이 사람들에게 더 칭찬받을 만 했으니, 인격의 변화로 훌륭한 사람이 된 것은 결코 아니다.

어떤 계기로 인해 사고(思考)가 깊어지면 사람이 변할 수 있으나 어디까지나 의지라는 것과, 그렇게 내가 변하면 세상도 변한다는 것, 그리고 나에게 좋은 것이기에 좋을 뿐이지 변화 그 자체는 좋은 것도 나쁜 것도 아니라는 것이 나의 경험내지는 결론이다.

물론 내 경험이 다가 아님은 말할 것도 없겠고, 이래저래 설명할 수 없는 투성이인 것이 우리네 인생살이다. 그러기에 인생에는 답이 없다는 말이 여전히 세상을 평정하고 있으며, 많고 많은 세상의 이론들은 다 맞기도 하지만 어쩌면 다 틀리기도 하는 게 아닐까.

이렇게 많은 의문 속에 살면서도 다행인 것은, 내게도 분명한 것이 한 가지 있다는 사실이다. 닮고 싶은 사람이 있다. 내 나이

스물하나까지 곁에 계셨고 지금까지 본 사람 중에 최고의 인격자였던 할머니를 닮고 싶은 마음이다. 나이 들어 갈수록 더욱 분명해지는 이 사실이 때때로 가슴을 적신다.

자신과 인연된 모든 이에게 한결같았던 할머니의 모습은 분명 사랑과 자비였다. 아버지가 효자가 될 수 있었던 것도 그런 어머니를 두었기에 그러했을 것이다. 한세상 살면서 모든 사람들의 존경을 받는 이타(利他)의 삶을 실천으로 보여주신 분이다. 그것도 여자의 몸으로 말이다.

더욱 놀라운 것은 당신 자신이 누구보다 불행한 사람이었다. 초년과부도 모자라 다 큰 자식 넷을 가슴에 묻은 처절한 아픔을 지닌 분이었다. 그러면서도 어떻게 그런 삶을 살 수 있었는지는, 그저 어안이 벙벙할 뿐 어떻게도 헤아려지지 않는다.

지금도 친척들이 모일라치면 누가 먼저랄 것도 없이 우리는 할머니 이야기를 하며 가슴이 따뜻해지고 누군가는 눈시울을 적시기도 하는데, 그러므로 할머니는 적어도 당신을 기억하는 우리가 사는 동안만큼은 불멸할 것이다.

어쩌면, 아니 분명히 내 곁에 현현(顯見)했던 관세음보살이었음에도 내가 알아보지 못했음이다.

첫손자인 나는 할머니의 사랑을 많이 받고 자랐지만 그 성품은 물려받지 못했음이 통탄스럽다. 그러나 그분이 나의 할머니였다는 사실이 살아갈수록 더없이 든든하고 스스로에게 자랑스러우니, 그만하면 되었다고 자신을 위로하기도 한다.

깨닫고 보면 우리는 이 모습 이대로 완벽하고 영원한 존재라지 않는가. 우리 모두는 그것을 알고자 하고, 마땅히 그래야 한다고 믿는다.

앎을 향해 나아가는 것, 이것만이 인간으로 태어난 우리들의 특권이며 축복이 아닐까. 에니어그램에서 말하는 노력이라는 것도 그 과정에서 생기는 자연스러움으로 생각되어진다.

나는 결코 점잖은 사람이 될 수 없을 것이다. 노력으로 되는 것이 아니며 그것은 마치 땅을 기는 달팽이가 독수리가 되고자하는 것과 다르지 않음이리라.

그러나, 그렇다고 해도… 우아하고 점잖은 사람이 못내 부러운 마음은 감출 길이 없다 하겠다.

전생, 그 알 수 없는 이야기

얼마 전 텔레비전에서 방영된 전생관련 방송을 흥미 있게 보았다. 자칫 위험할 수도 있는 연출자의 사생활까지 건드려 가며 제작된 것이라, 프로정신이 돋보이며 시청자의 흥미를 끌기에 충분해 보였다.

과연 전생의 기억이 가능한 것일까? 결론은 '확실치 않다'이다.

실제로 전생을 떠올리며 눈물을 흘리기도 하고, 즐거워하거나 괴로워도 하면서 해결되지 않던 문제들이 해결되는 경우가 있다고 한다. 예를 들어 병명을 모르던 난치병이 전생퇴행으로 치유되는 것인데, 고소공포증이나 대인기피증 같은 것들도 전생에서 원인을 찾을 수 있다는 말이다.

전생퇴행은 꽤 오래 전부터 정신과의 영역으로도 자리매김해서 이것으로 유명세를 탄 의사의 책이 베스트셀러가 되기도 했었다. 들리는 소문에 의하면 그 의사는 한 여인을 치료하다, 전생에 자신의 아내였다는 사실을 알게 되어 본처와 이혼하고 그 여인과 재혼했다는 소문이다. 물론 남이 알지 못하는 문제가 분명 있을 테지만 그래도 참 대단한 일인 것이, 유명인으로서 사람들의 질타가 불 보듯 뻔할 것이며 어쩌면 매장될 수 있음에도 그 일을 결행했다면 그만큼 확신에 찬 용기라고나 해야 할까. 어찌되었건 우리가 함부로 말할 수는 없는 일이다.

그런데 이번 방송에서 의문을 제기하는 어느 정신과의사의 실험이 퍽이나 흥미로웠고 설득력이 있어 보였다. 아무런 정보가 없는 젊은 여자들에게 춘향이를 암시하는 그림 또는 물건들을 배치해 놓은 공간에서, 30분쯤 머물게 한 후에 최면을 시도하는 실험이었다. 놀라운 것은, 전생을 떠올린 여자들이 하나같이 자기가 춘향이라고 했다. 결론을 시청자의 몫으로 남기면서 그렇게 방송은 끝이 났다.

사실 누구라서 이 문제를 명확하게 말할 수 있겠는가. 3000년 전 부처님께서도 영혼의 유무(有無)를 묻는 제자에게 독화살의 비유로써 설명하시며 침묵하신 문제가 아니던가.

논어(論語)에 이런 글이 있다. 어느 날 제자 자로가 묻기를 "감히 죽음을 여쭙나이다." 공자가 말씀하셨다 "아직 삶도 모르는데 어찌 죽음을 알리요."

10년도 훨씬 넘었으니 꽤 오래된 얘기다. 지인이 추천해준 어느 할아버지께 내 전생이야기를 들었다. 지금도 마찬가지지만, 사는 게 어찌 그리도 팍팍하던지 전생을 잘 본다는 할아버지를 내 발로 찾아갔었다. 팔순을 넘기셨는데도 풍채가 좋고 단정해서 사람의 신뢰를 받을만하다는 느낌이었다. 말없이 한참을 바라보더니, 먼 길을 왔으니 오늘은 봐주겠으나 더는 사람을 보내지 않겠다는 다짐을 하라고 했다. 그러겠노라는 약속을 하고서 나의 먼~ 이야기가 시작되었다. 삼(3)생전에서부터 내 얘기는 시작된다.

깊은 산중의 사찰 뒤에 있는 동굴에서 새끼여우가 태어났다. 다른 형제 없이 엄마 아빠의 사랑을 듬뿍 받으며 자라났고 성년이 된 후로도 행복하게 살았다. 세월이 흘러서 부모가 죽자, 혼자 남겨진 여우는 염불소리로 시끄러운 절이 싫었기에 조용한 곳을 찾아서 다른 동굴로 거처를 옮겼다. 그러나 거기는 안전하지 못했다. 다른 짐승들의 침입이 잦았고 더구나 인가가 가까웠기에 어쩌다 사람들 눈에라도 뜨일라치면 죽이려고 하니 견딜 수가 없었다.

시끄럽긴 해도 안전했던 옛날 보금자리를 다시 찾아든 여우는 평생 거기서 혼자 살다가 죽었다.

무슨 소리인지는 몰랐지만 밤낮으로 염불을 들었던 공덕으로 다음 생에는 사람의 몸을 받았다. 남자로 태어났으나 한쪽 수족을 못 쓰는 불구의 몸이었다. 힘든 삶이었지만 다행히 좋은 여자를 만나서 자식도 낳으며 결혼 후에는 그런대로 괜찮은 삶을 살 수 있었다. 아내는 어디로 보나 남자보다 나은 여자였지만 그는 어리석었다. 짐승 중에서는 그나마 영악하다는 여우의 전생을 살았지만 역시 짐승이었던 것이다. 남자를 우월하게 여기던 시대 탓도 있고, 병신이라는 자격지심에 시달리기까지 하며 이유 없이 아내를 괴롭히고 학대를 일삼았다. 아내가 먼저 세상을 떠났는데 요즈음 말로 하자면 극심한 스트레스로 씻을 수 없는 한을 안고 아내는 죽었다. 어리석었기에 자신의 잘못을 뉘우쳤는지는 잘 모르겠지만, 술로 세월을 보내다가 불구남자는 그렇게 생을 마쳤다.

다음 생, 그러니까 나의 전생은 여자의 몸을 받았다.

무난한 가정에서 외모도 잘 갖추어서 태어난 사랑스런 여자였다. 모두가 탐낼만한 규수였기에 좋은 집안과 혼인했으며 남편도 좋은 사람이었다. 더구나 남편과도 금슬이 무척 좋았으니 세상의 복은 다 가진 듯 보였다. 그러나 한 가지, 시간이 지나도 자식이 생기지 않는 것이었다. 부부는 절에 다니며 자식을 달라고 한마음으로 불공을 드리고 기도하기를 몇 년, 드디어 귀한 아들을 얻을 수 있었다. 감사한 마음에 더욱 열심히 절을 드나들며 보시를 하던 중에 둘째아들까지 낳았으므로 부부는 이제 더 이상 바랄 것이 없을 정도로 행복했다.

그러다가 무슨 이유에선지 여자가 어느 날 개종(改宗)을 하였고, 그렇게 평온할 것만 같았던 삶에 한번도 생각해 본 적이 없는 시련이 닥쳤다. 온갖 재롱으로 귀염을 떨던 작은아들이 홍역을 앓다 덜컥 사망한 것이다. 남의 일인 줄로만 알았던 불행으로 비통함에 가슴을 쳤지만 그것이 고해(苦海)인 인생길임을 어쩌랴. 그 일을 겪은 후에 다시 절에 다니기 시작했는데, 부부가 함께 가난한 이들에게 보시도 하고 남의 불행에 같이 아파도 하며 착실한 신앙인으로서의 자세를 끝까지 지켰다 한다.

아들을 가슴에 묻고 살던 여자가 어느 봄날 산나물을 캐러 갔다가 발을 헛디뎌서 사망하게 되니, 사랑하는 남편을 아직 세상에 남겨두고였다. 그리고 다시 여자의 몸을 받아 지금의 '나'로 태어났다고 한다.

어디까지 믿어야할지 모르는 내 전생이야기는 여기서 끝이 난다. 할아버지의 말씀은 계속 이어졌다. 불구의 남자로 살았던 때에, 한을 안고 죽은 아내가 지금의 남편으로 왔으므로, 시달리는 건 당연하니 그렇게 알고 살라는 것이었다. 그때 어리석어서 저질렀던 악행에 비하면 지금의 괴롭힘쯤은 아무것도 아니니 부디 참아내어서 이생에서 그 악연을 꼭 해결하라고 했다. 다른 한 가지는, 전생에서 사이 좋았던 남편이 남자의 몸을 받아 세상에 왔으니 주위에 있으면 평생 좋은 관계를 유지할 것이라 했고, 앞 생에서 보시하는 삶을 산 공덕으로 이생의 삶은 대체적으로 편안하고 어떤 경우라도 대우받는 자리에 있게 될 것을 장담한다며 끝을 맺으셨다.

말은 안했지만 나는 두 군데에서 움찔거렸다. 남편문제와 개종에 관한 이야기에서다. 남편문제는 으레 그러려니 넘겨짚을 수도 있지만 개종에 대해서는 좀 신기하게 생각되었다. 기독교 가정에서 자랐으나 현재는 석가모니 부처님을 사랑하고 있는 나를, 왠지 꿰뚫어 보는 것 같았기 때문이다. 도대체 무슨 근거로 사람만 쳐다보고 그런 이야기를 만들어내는지 모를 일이지만, 어지간한 소설보다 더 재미있는 이야기에 그날 흠뻑 빠졌다.

사례비를 내어놓으니 손사래를 치며 좋은 만남이면 되었다고 하던 그분, 그것이 허구(虛構)였다 해도 멀리서 자신을 찾아온 이에게 재미있는 이야기를 만들어서 마음을 쓰다듬어 주었다는 생각이 든다. 이름도 성도 모르니까 젊은 날에 소설가였는지도 모르지만 이렇게 이야기를 지어낸다는 것도 어려운 일 아니겠는가. 그분은 자신의 재능으로 좋은 일을 하신 걸로 여겨진다.

그런데, 생년월일도 묻지 않고 얼굴만 쳐다보면서 한 얘기가 요즈음 들어 부쩍 나를 헷갈리게 한다. 어려서는 응당 그러려니 했으나 나이 30을 넘긴 작은아들과 유난히 사이가 좋다는 사실을 의식하게 되면서 부터다. 어려서는 물론이고 지금껏 한 번도 의견 충돌이 없을 뿐 아니라 큰아들과는 달리 서로의 성향을 좋아하기도 하는 것이, 안 들었으면 모르겠지만 그날 들은 말들을 생각나게 한다.

좋은 일이다. 품안에 있을 때와는 달리 다 큰 자식은 독립된 영혼의 인간으로 만나지게 된다는 것을 알고 있으며, 그러기에 우스갯소리로 고스톱과 자식은 마음대로 되지 않는다는 것 아닌가. 결국은 인연이랄 수밖에, 달리 어떻게 말할 수 있을까.

설마? 하면서도 꼭 아니라고 하지도 못하면서 우리는 그렇게 사는가보다.

눈에 보이지도, 손에 잡히지도 않는 세계를 가끔 생각하면서….

제4부

자족하며
물
흐르듯

아무것도, 아무도 모르는 인생길이 아닌가.

자족하며 물 흐르듯 무리 없이 살아서

주위사람들을 울리지 않는 것도

사람으로 태어나서 할 만한 일이라고,

자신을 부족하다고 느끼는

누군가에게 꼭 말하고 싶다.

−본문 중에서

친구라는 이름으로

아침나절에 한 통의 전화를 받았다.

뉴욕에 있는 베로니카의 전화였다. 특유의 차분한 목소리, 그리고 평생 익숙한 목소리다.

"잘 지내지? 나는 12월쯤 영구 귀국할 예정이다."

"그래 잘됐네. 되도록이면 부산의 수녀원으로 와라. 우리도 이제 나이 먹었으니 고향에 정착하는 게 좋을 것 같다."

'프란체스코 수도회' 소속 수녀인 그가 로마, 멕시코, 미국 등 20여 년을 외국에서 보내다가 이번에 영구 귀국이 결정되었다는 소식을 전해온 것이다. 대체적으로 내가 떠들고, 들어주는 역할을 잘하는 그와의 대화는 그날도 시종 무덤덤하게 그렇게 끝이

났다.

우리는 예나 지금이나 똑같다는 생각을 하며 전화를 끊고 조금 웃었다. 여전히 목소리 큰 나는 떠들어대고 그는 내말에 귀 기울이며 조용히 "응, 응" 하는 식이다. 그리고 우리는 예나 지금이나 마찬가지로 무덤덤하다. 마음을 상해 싸워 본 적도, 그렇다고 그다지 애틋하게 좋았던 적도 없었다. 사람 챙길 줄 모르는 내 곁을 익숙한 목소리로 한결같이 지켜준 것은 단연코 그였고, 나는 무슨 심사인지 그것을 당연한 것으로 생각해왔다.

더불어 사는 것이 이치인 세상사에서 사람에게 무심한 성격 탓에 때로는 상처 입는 사람, 그러다 아예 떠나버리는 사람도 많다는 것을 결코 모르지 않지만, 이 문제에 있어서만은 고백하건데 나는 '배냇병신'이다. 한번은 그에게 물은 적도 있었다. 너는 내게 섭섭하지도 않느냐고. 돌아온 답은,

"그래서 너라고 생각한다. 그리고 나는 한번 먹은 마음이 잘 변하지 않는 사람이다." 그리고 다른 한마디,

"너는 몰랐겠지만 너의 할머니가 내 손을 잡고 감싸주던 기억은 지금도 소중하다."

우리는 중·고등학교를 같이 다녔다. 그러면서 언제부터인지 그는 언제나 내 곁에 있는 사람이 되어있었다. 내가 다른 친구들

과 어울릴 때면 멀찌감치 있었고 혼자가 되면 어느새 곁에 서있었던 그는, 나의 또 다른 친구들과는 당연히 교류가 없었다. 그래서 요사이도 여고동창들이 내게 묻곤 한다. 너의 베로니카는 잘 있느냐고.

아무리 살아도 끝까지 모를 것 같은 것이 사람과의 인연이다. 어떤 논리로도 잘 설명되지 않는 묘함이 있다. 예를 들어 요즈음 역사왜곡 논란을 불러일으키며 드라마로 방영되고 있는 '기황후'만 하더라도 그렇다. 그녀는 1333년도의 실제인물로서 고려에서 원나라에 바쳐진 공녀였다. 황궁에서 차 심부름을 하다가 당시 태자였던 '순제' 황제의 눈에 띄어 일평생 황제의 사랑을 받았다. 전해지는 초상화를 비롯하여 역사의 고증으로 보아 그렇게 절세가인도 아닌 것 같은데, 젊고 예쁜 여인들로 득실대었을 황궁에서 평생 황제의 사랑을 받았다니 놀라운 일이다. 그러나 나는 이것을 기황후의 특출함으로 여기지 않는다. 그것은 그들도 끝까지 몰랐을 두 사람만의 묘한 인연의 작용이라고 보는 것이다.

인연도 가지가지라 그렇게 애틋한 기억도, 그렇다고 다정다감함도 없으면서 40년 넘게 이어진 베로니카와 나의 관계도 그렇게밖에 설명할 수 없을 것 같다.

보수동 헌책방 골목 뒤로 나있는 언덕길을 따라 한참을 올라야 나타나던 그의 판잣집에는 홀어머니와 6남매가 살았다. 오빠 언니는 본 적이 없고 남동생과 어머니를 한번 봤을 뿐이지만 그 시절 많은 이들이 그랬듯이 절대빈곤의 삶이었을 것이 뻔하다.

지금 생각해보니 실로 아찔한 것은, 엄마 혼자서 6남매나 되는 자식을 뭘 먹이고 입혔으며 또한 학교는 어떻게 보낼 수 있었는지이다. 오빠들이 경찰공무원이 된 걸로 봐서 최소한 고등학교는 다들 졸업했을 것인데 말이다. 하기야 새벽이면 신문을 돌리며 어렵게 공부한 베로니카의 고생을 모르지는 않는다. 어느 날인가는 국회의원에 출마했던 이의 집에서 낙선의 분노였겠지만 넣지 말라는 신문을 넣었다며 물벼락까지 맞았다고 하던 것인데, 요즈음도 방송에 출연해서 정의의 사도인 양 떠들어대는 그 사람을 보는 내 마음은 결코 편치만은 않다. 개과천선해서 정의로운 사람이 되었는지는 모르지만, 새벽신문 돌리는 학생에게 물을 퍼부은 소인배가 정치원로랍시고 떠들고 있는 것이 우리 정치의 현주소라는 생각을 떨칠 수 없다.

어렵사리 여고를 졸업한 그는 곧바로 수녀의 길을 택했다. 10년의 수습기간을 거치는 동안 48명의 동기 중에 8명만이 '종신서원'을하고 정식 수녀가 되었다니 한 인간으로서의 갈등과 번민의 시간을 힘들게 견뎠을 것으로 추측할 수 있다하겠다.

프란체스코 수도회의 수녀가 되어 또 곧바로 로마로 간 그는, 마치 나비 같은 예쁜 엽서로 소식을 전해오곤 했다. 생각은 한국어로 하고 수업은 영어로, 말은 이태리어로 한다고 했고, 어머니와 큰언니의 죽음도 엽서로 알렸다. 그렇게 시작된 외국생활이 여기저기의 나라를 옮겨 다니며 20년을 넘기더니 아직 쓰일 곳이 있을 때 한국으로 오겠다는 거다.

천주교에 대해서 문외한인 나는, 그가 무슨 직책을 맡고 있는지 또한 무슨 일을 하는지조차 알지 못한다. 종교에 편견은 없지만 기본적으로 무신론의 바탕을 깔고 있기에, 어쩌면 우리는 영원히 합일점을 찾지 못할 것이므로 서로 알려고도, 알려주려고도 하지 않을 수도 있다.

성격도 다르고, 종교도 다르고, 거기다 나의 무심함까지 더해지지만 우리는 반백년 가까이 친구다. 내 아이들도 수녀이모의 안부를 궁금해 할 정도이고, 무엇보다 서로를 떠난 적이 없다고 느끼는 믿음이 우리에게는 있다.

이제는 성직자로서 자신의 위치가 확실한 그를 지켜보는 즐거움까지 누리면서, 길다고 하자면 긴 인생길의 짜릿함? 내지는 안도감에 젖어보기도 한다. 물거품 같은 세상살이의 즐거움에 나를 내맡기고 산다고 해서 왜 그것이 틀리겠는가. 그렇지만 절제된 삶을 살면서 향유하는 즐거움도 큰 것 같다. 이러나저러나 한세상이라면, 오히려 영글고 충족된 삶일 수도 있겠다.

친구라는 이름으로 우리는 인생이라는 이 순례 길을 함께 걷고 있고, 언제가 될지는 모르겠지만 스페인에 있는 기독교인들의 순례길인 '산티아고' 800km를 함께 걷게 되기를 희망하고 있기도 하다.

지금에 서보니, 오랜 세월 한결같았던 그가 돋보이는 것은 당연한 귀결이 되었다. 한 사람의 부족함을 묵묵히 안고 가는 삶, 그것도 아름다움인 줄을 알아간다.

유경환 선생님

꼭 한번 뵙고 큰 절 올리고 싶었습니다.

그런데 꼭 한번이라는 그 말이 영원으로 이어지고 말았습니다. 생각해보면 딱히 바쁜 삶도 아니었는데 말입니다. 낯가림, 게으름, 뭐 이런 것들 때문이었겠지요. 정말, 어리석은 줄 알면서도 어리석은 게 사람이고 인생인가 합니다.

선생님은 꿈에도 모르셨겠지만 저는 선생님을 많이 생각하며 살았습니다. 지나간 날 행복했던 순간들 속에 선생님의 칭찬도 있다는 말을 전할 수 없음이 가슴 아픕니다.

제목이 〈가을노래〉였습니다.

"하늘 높아가는 소리가 들린다." 로 시작되는 글을 밤을 새워

썼었지요. 원고를 부치고 나서던 우체국 앞 계단이 왜 그리도 눈부시던지요. 눈을 비비며 돌아와 쓰러져 버렸던 기억이 어제 일인 듯 선명합니다.

일주일 후, 일간지 문화면에 선생님의 심사평과 함께 실린 글을 읽으며 저는 목울음을 삼켰습니다. 특히 분에 넘치는 선생님의 칭찬에 목이 메었지요. 마르지 않을 '샘'을 가졌으니 부디 부지런히 퍼올려 주기를 당부한 말씀은 지금도 두고두고 마음을 적십니다. 사실 저는 그때 항우울제에 의지하며 사는 힘든 시기였는데 선생님의 심사평은 삶의 의지가 될 만한 큰 격려였습니다. 마치 까마득히 잊고 있었던 보물을 발견한 것 같다고나 할까, 아니면 짝사랑하던 사람에게서 안개꽃 섞인 빨간 장미 한 다발을 선물받은 느낌이랄까, 아무튼 그 상황에서 처음으로 희망이 보였고 살고 싶었습니다. 살아서, 삶이 주는 꽃다발을 받고 싶었습니다.

마지막인 심정으로 대학병원에서 종합검사를 받고 결과를 보던 날, 인생은 경험이며 살아서 겪는 일이라면 어떤 것도 축복으로 여기리라는 나름대로의 각성이 있었습니다. 그렇게 세월에 나를 맡겼습니다.

인생이 다 그렇듯이 큰 고비, 큰 결단의 순간이 저에게도 있었습니다. 그렇지만 늘 용감할 수 있었던 것은 오늘을 마지막 축복으로 여겼기 때문입니다. 언제까지가 될지는 모르지만 내일도 또 내일도 그렇게 살 겁니다. 저는 이것을 평안으로 느낍니다. 누가 뭐래도 내가 그렇습니다. 그리고 이 평안이 내가 애쓰고 노력해서 얻은 게 아니라고 생각합니다. 그 어느 날, 우체국 앞의 눈부심과 함께 선생님의 초인종 소리에 깨어났을 뿐입니다. 아, 선생님! 이 말을 꼭, 전하고 싶었는데 말입니다.

깨어남은 순간이었지만 그것은 태산과 같은 변화를 저에게 가져다 주었습니다. 마음자리 하나 바뀐다는 것이 이렇게 큰 경이로움인 줄을 그때 알았습니다. 햇빛도 바람도 어제의 것과는 다른 새로움에 눈뜨며 세월에 나를 맡길 수 있었습니다. 더 이상 두렵거나 초조하지 않고 말이 많아져서 때로는 약간 주책이란 핀잔도 듣고…. 아무려면 어떻습니까, 그런 나를 내가 좋아한다는 게 중요한 거니까요.

선생님! 이런 인연도 있다는 게 참으로 놀랍습니다.

내게는 인생이 바뀔 만큼의 큰 사건이었으나 정작 선생님은 저의 이름조차 기억 못하실지 모릅니다. 어디서 비롯된 연(緣)이기에 이토록 큰 은혜를 입고도 갚을 길이 없단 말입니까. 정말로 크고 귀한 것은 무상으로 주어지듯 선생님도 그렇게 오신 건가요?

가장 적절한 때에 가장 적절한 말로 나를 깨우신 선생님, 이생에서는 이렇게 끝났어도 다음 생 어디선가 또 만날 수 있으리라 믿습니다. 당부하신 말씀은 그때까지 잊지 않겠습니다.

　생각하면 늘 가슴 시렸지만 무엇을 이루기 위해 애쓰고 싶지 않았던 저를 그냥 웃어 주세요. 게으른 천성을 갈아엎고 싶은 생각이 불끈 일기도 했었지요. 하지만 자연과 세월에 맡겨진 나를 바라보는 즐거움도 있었습니다.

　하늘 높고 바람 좋은 오늘 같은 날, 차 한 잔 앞에 두고 어리광 부리듯 선생님께 이런 얘기를 할 수 있다면 참 좋았겠습니다. 비겁한 변명이라 나무라지 않고 잘했다 하시면, 저는 마냥 즐거워서 웃고 또 웃고 할 텐데요.

　시간이 많이 흘렀고, 저는 지금 바다를 끼고 있는 조그만 도시에 살고 있습니다. 조용하고 풍광이 수려한 곳이라 무척 마음에 듭니다. 특히 일몰이 아름다운 곳이어서 여름이면 해 질 녘 해안가가 북적이기도 한답니다. 언제까지가 될지 모르지만 지금은 여기에 둥지를 틀고 비를 피하며 살고 있습니다.

　해거름 때면 아파트 밑 하천을 끼고 나있는 산책로를 걷습니다. 양옆으로 코스모스가 줄지어 일렁이고 군데군데 해바라기무더기, 그리고 맑은 물소리까지… 더 이상의 것을 바란다면 그것은 욕심이라는 생각이 듭니다.

　어떤 날은 산책로를 그냥 돌아오기만 하고 어떤 날은 작은 암자까지 가기도 합니다. 그런 날은 법당에 엎드려 절을 합니다. 나에게 절을 합니다. 지금까지 살아줘서 고맙고, 아무것도 이룬 것 없고 아는 것 없지만 그 모른다는 사실을 아는 게 고맙다고 절을 합니다.

　정해 놓고 사찰을 드나드는 불교신도는 아닙니다만 인연, 무아, 공을 말씀하신 석가모니 부처님을 저는 좋아합니다. 선생님은 어떠셨는지 모르겠네요.

　돌아오는 길, 시간을 잘 맞추면 아파트와 소나무 사이에 절묘하게 걸려있는 석양을 보며 걸을 수 있습니다. 서서히 지는 해를 바라보고 걷노라면 삶의 기쁨과 함께 왜? 라는 의문이 꼬리를 물며 무엇 하나 뚜렷이 아는 것 없는 자신을 바라보는 시간이 되기도 합니다.

　라즈니쉬가 그랬다지요. 그 순간이 찾아올 때까지 내 안에 있는 것은 물음 또 물음이었다고. 그날 이후, 단 하나의 물음도 남지 않았지만 그것은 답을 얻어서가 아니고 묻고 있는 본인이 죽은 거라고.

　선생님, 우리의 가슴속에는 너무도 많은 골짜기가 있는 것 같습

니다. 그 골짜기마다에는 또 얼마나 많은 사연의 말들이 있는지
요. 때로는 비굴하고 비열했으며 때로는 울분으로 들끓었던 흔적
의 골짜기도 있지만, 햇살 같은 사랑으로 빛나는 곳도 있지요.
그러나 대부분은 아쉬움과 의문, 그리고 마침표를 찍지 못한….

　선생님이 말씀하신 마르지 않을 그 샘은 어디쯤 있는 것일까요.
아직 늦지 않았다면 수풀을 헤치고 돌부리에 걸려 넘어지더라도
찾아보고 싶습니다. 그러고 싶습니다. 한번쯤은 치열해지고 싶습
니다. 그리하여 다시금 한번 깨어나고 싶습니다.

　생각해보면 밤을 새워 쓴 〈가을노래〉는 번민과 절망의 끝에서
토해낸 비명이었습니다. 한발만 더 내딛으면 벼랑이라는 절박함
으로 몸부림칠 때 선생님이 눌러주신 초인종 소리를 들은 겁니다.
그 후 지독한 두려움을 쫓아내고 오래도록 평안을 누렸습니다.

　그런데 언제부터인가 그 자리에 다른 두려움 하나가 들어와 있
다는 걸 알게 되었습니다. 이렇게 끝나버리면 안될 것 같은, 스스
로 용서되지 않을 것 같은, 그것은 초초함과도 맞물린 두려움입니
다. 그래서 여기도 저기도 끝이 아닌가 봅니다.

　이제는 내가 나를 깨워야 한다는 사실을 압니다. 그 두려움의
눈을 똑바로 응시해야겠지요. 그 너머에 더 이상 벼랑이 없다는
것을 알아, 또 한 번 깨어나고 싶습니다.

선생님! 저는 이 세상이 끝이 아니라고 믿는 사람입니다.

다른 별에서 만나면 내가 먼저 선생님을 알아볼 게요. 바라건대 그때도 존경하는 스승님이 되어주시기를 간곡히 부탁드립니다.

이렇게 써놓고 보니 고해성사 같기도 하고 푸념 같기도 해서 부끄럽습니다. 보낼 수 없다는 것이 더욱 가슴 짠하구요. 선생님, 형편없는 글이 되고 말았지만 큰절을 대신하는 마음으로 쓴 것을 알아주세요.

사는 날까지 선생님을 잊지 않겠습니다.

2013년 가을에

예정(藝靜) 올립니다.

아! 아버지~

딸에게 가기 위해 진주 발 KTX를 탔다. 세 시간 후면 광명역에 내릴 것이고 12번 버스를 타면 안양역 근처에 있는 딸의 아파트에 도착할 것이다. 올해 2학년 담임을 맡게 된 딸이 2박3일 수학여행을 가게 되었기에 그동안 손자를 돌봐 주어야 하는 나는 할머니다.

녹음이 짙어진 창밖의 풍경에 눈길을 준다. 계절은 이렇듯 변함없이 우리 곁에 머무는데 시간과 함께 흘러온 내가 지금 머물고 있는 곳은 어디쯤일까. 잠깐 감았던 눈을 떠 다시 창밖을 보며 생각은 자연스레 병원에 계시는 아버지께로 달려간다.

동생들이 왔을까? 그렇다면 지금쯤 막내여동생은 앙상해진 아버지의 다리를 주무르며 속울음을 울고 있겠지. 얼마 전 6개월의 시한부 판정이 내려지던 날, 이제 마지막이라며 통곡하던 동생이었다. 무능한 언니 오빠를 대신해 부모님 노후를 책임지다시피 했기에 그녀의 설움은 더 큼을 안다.

올해로 95세가 되신 아버지는 내가 할머니가 되기까지 감기 한 번 앓지 않으며 건강하시더니 올해 초 병상에 누우셨다. 처음엔 감기려니 했던 것이 뜻밖에도 담도암 말기 판정을 받았다. 나이와 상관없이 워낙 건강하셨기에 지금도 곧 헤어져야 한다는 사실이 도무지 믿어지지 않는다. 5년 전 엄마가 먼저 세상을 떠났는데, 2년 동안의 병간호를 맡아하시며 우리에게 짐을 지우지 않았던 평생 든든하고 깔끔하던 아버지….

아버지! 그때 그 기막히던 시절을 생각하면 큰딸은 목이 메어 아무 말도 할 수 없습니다.

아버지는 철도 공무원이셨다. 그래서 아버지는 늘 출장 중이셨다. 한번 나가면 길게는 열흘, 짧게는 삼사 일, 보통 일주일 간격으로 한 번씩 집에 머무신 듯하다. 지금도 환청인 양 들린다. 대문을 열고 들어서며 "어무이" 하고 부르던 아버지의 목소리가.

아버지는 효자였다. 사람들 말을 빌리면 하늘아래 둘도 없는 효자였다. 평소에 몸이 편찮았던 할머니는 누웠다가도 아버지가 올 때쯤이면 허리를 곧추세우고 앉아서 아들에게 아픈 모습을 보이지 않으려 했는데, 올곧고 어지셨던 내 할머니도 삶의 큰스승이셨다.

어머니를 부르며 들어서는 아버지의 손에는 온갖 먹을거리가 다 들려있었다. 때로는 만두가, 때로는 찐 옥수수 또는 그 시절 보기 힘들었던 바나나까지 늘 할머니가 좋아할만한 것들을 사들고 오셨던 아버지, 할머니께 "어무이 다녀왔습니다." 큰절을 하고는 모든 걸 할머니께 드리면 비로소 분배가 이루어졌던 내 어린 시절은 훌륭했던 아버지 덕에 그렇게 화평하고 풍요로웠다.

지금은 전시품이 된 전차 역에서 엄마 손을 잡고서서 기다리노라면 부대자루를 메고 전차에서 내리던 아버지의 모습도 생생하다. 아마도 강원도까지의 긴 출장이었을 것이다. 자루 안에는 찰옥수수가 가득했고 자루를 멘 아버지 손을 잡고 참새처럼 조잘거렸었다.

좋은 아들이었고 좋은 남편이었던 아버지! 우리는 아버지의 발뒤꿈치도 못 따라갑니다.

철로 위에서의 일을 천직으로 아셨지만 한편으로 아버지는 발명가였다. 특히 문방구용품에 관심이 많았다. 그러던 어느 날, 그러니까 내가 초등학교 4학년 때쯤 아버지는 특허를 냈는데 일명 물풀로 불리는 스폰지풀을 만들어 세상에 내어놓았다. 당시엔 조그만 깡통에 담긴 풀을 손가락으로 찍어 쓰던 때였으니 그야말로 획기적인 것이었다. 요즈음은 딱풀에 밀려 거의 사라지다시피 했지만 그래도 우체국에서는 지금도 쓰이고 있어서, 어쩌다 우체국에 갈 일이 있으면 어김없이 아버지를 생각하게 되고 그러면 조금 쓸쓸해지곤 한다.

아버지의 꿈은 소박한 것이었다. 어차피 전국을 도는 직업이니까 출장 중 자투리시간을 내어 문방구에서 주문을 받고 수금을 할 요량이셨다. 분명 특허를 가진 사업가로 대성할 수 있었음에도 불구하고 그냥 소박한 심성의 발명가일 뿐이었다. 그리고 지금껏 후회의 소리를 들은 적이 없다. 수요가 폭발하니 돈 있고 힘 있는 이들에게 밀려 끝내 가내공업으로 멈출 수밖에 없었던 아버지의 특허, 그 세월···. 지금은 다 허허로운 옛날이야기가 되었다.

무엇보다 아버지는 자신의 직업을 사랑하셨다. 특허가 유명무실해지고 있어도 그다지 신경 쓰지 않고 꾸준히 철로 위를 달리다 정년이 되고서야 열차에서 몸을 내리셨으니까.

그 후 아버지의 어깨가 처지고 왜소해진 것은 어쩔 수 없다쳐도, 정작 안타까운 것은 나를 포함한 자식 셋이 아버지보다 못하다는 사실이다. 모든 것을 갖추기는 어려운 게 인생이기에 훌륭한 어머니를 둔 것이 복이었다면 못난 자식을 둔 것도 당신의 복이겠지만, 노후가 쓸쓸했던 아버지를 생각하면 천근같은 무게의 돌덩이가 가슴을 짓누른다.

딸 둘을 시집보내고 아들에게 의탁하셨지만 남동생의 잇따른 사업실패로 인해 평안하지 못한 노후를 보낼 수밖에 없었던 아버지가 때로 전화를 해서 "모진 것이 목숨이다." 하시던 회한에 찬 그 목소리를 내 어찌 꿈엔들 잊을 수 있다는 말인가.

아버지! 통곡으로도 풀 수 없는 불효의 아픔은 딸의 가슴에 뺄 수 없는 대못이 되어 박혔습니다.

7년 전 엄마가 쓰러지고 2년여의 기간이 우리에게는 가장 힘든 시기였다. 90세의 노구를 이끌고 아버지가 엄마의 병상을 지켰던 날들은, 떠올리기에도 끔찍한 기억이다. 그때까지만 해도 정정했던 아버지는 간간이 간병인의 손을 빌리기는 했지만 끝까지 엄마 곁을 지켜내셨다. 일일이 밥을 떠먹이며 안타깝게 쓰다듬는 모습은 진정 눈물겨운 것이었는데, 엄마가 평생 남편 복이 많은 여인 인 것만은 틀림없는 사실이었다.

엄마를 보내고 아버지는 혼자 사셨다. 외롭다는 말도 없었고 여전히 정정하고 깔끔했으며 교회에서는 원로장로로서의 품위를 지키셨다.

말수가 적고 점잖으신 아버지는 옛날이야기를 하는 분이 아니 다. 특허가 말소된 후, 풀 공장 문을 닫을 때도 그것과 관련된 회한의 얘기를 한 적이 없었다. 그러나 가끔 열차를 타던 시절을 그리워했다는 것을 안다. 만약, 다시 한 번의 생이 주어진대도 철로 위에서 살고 싶다는 말을 들은 적이 있으니까.

과연 아버지에게 있어 열차는 무엇이란 말인가? 단순한 생업의 수단이 아니라고 보는 것은 만약 그랬었다면 직장을 그만두고 공 장을 확장할 수도 있었을 것이기에 그렇다.

이제 나이 들어 할머니가 되고서야 아버지이기 전에 나와 똑같 은 인간으로서의 그분이 보인다. 당신에게도 젊음이 있었고 꿈이 있었고 당신만의 삶이 있었음이다.

아주 젊은 날에 가수가 되기 위해 8년 동안의 가출 경험이 있는 아버지였다. 철마다의 옷을 만들어 장롱에 넣어두고 아들을 기다 린 할머니, 무더운 여름 어느 날 사립문을 밀치며 들어서는 아들에게 땀이 밴 옷을 벗기고 모시옷을 입히니 눈물범벅이 되어 그 자리에 엎드려 큰절을 올린 후로는 단 한 번도 어머니의 뜻을 거스른 적 없는 효자가 되었다. 그러니까 아버지는 타고났다기보다는 감동이 만들어낸 후천적인 효자라고 해야 한다.

어머니의 뜻에 따라 옆 동네 처녀와 결혼하고 자식도 낳으며 한 집안의 가장으로 살았지만 젊은 날 이루지 못한 꿈이 평생 가슴에 있었던 건 아닐까. 그러기에 열차에 몸을 싣고 달리는 것이 방랑기 많은 당신 삶의 유일한 위로였을지 모른다. 생각하건대 태산 같은 현실이 아무리 높고 때로는 굴곡진 것이라 해도 우리에게 삶이란, 언제나 그리운 그 무엇이 아니겠는가.

아버지! 최선을 다하신 것 압니다. 소리내어 말하기조차 아프지만, 오래 살아주셔서 정말 고맙습니다. 노후의 지난했던 세월이 아버지에게는 텅 빈 간이역의 대합실 같았겠지만 그래도 견뎌주셨기에 못난 우리가 이만큼이나마 자랐습니다.

아버지! 가슴에 맺힌 말을 어찌 다할 수 있겠습니까. 다음 생에 한번만 더 내 아버지가 되어 주신다면 이 마음의 빚을 갚겠습니다. 아, 아버지! 눈물로 사죄하오니 그때는 기필코 자랑스러운 딸이 되겠습니다. 지금처럼 멀리 떨어져 살지도 않겠습니다.

열차는 달리는데 자꾸만 울먹여지는 마음을 추스르기 힘들다. 벼랑을 돌아드는 바람 같은 삶을 살며 평생 구름밭을 일구신 분! 며칠 후 아버지를 보기 위해 이번에는 부산행 열차를 탈 것이다. 가는 내내 또 한 번 슬픔에 잠길 테지만, 병실에서 아버지의 앙상한 손을 만지며 웃을 수 있기를 바란다.

자족하며 물 흐르듯

살면서 때때로 느끼게 되는 것 중에 하나는, 사람을 그릇에 비유한다면 사람마다 크기가 다르다는 것이고, 크기뿐만 아니라 쓰임새도 다 다르다는 것이다.

내가 종재기라면 그대로 기쁜 일이며 큰 접시를 부러워할 일이 아니라는 생각이 드는 것인데, 절제와 자족(自足)의 의미를 때로 되짚게 되는 까닭이 여기에 있다 하겠다.

'하면 된다'는 말이 나태 속에 안주하려는 우리의 의식에 파고들면서 수많은 신화를 창조해낸 것도 사실이지만, 최소한의 행복을 추구하며 선량한 소시민으로 살아갈 수 있었던 이들이 파멸의 길로 들어서는 것을 보았다.

실로 안타깝다 못해 생각만으로도 가슴이 먹먹해지는 그들의 이야기를 해볼까 한다.

K는 선량하고 믿음직한 청년이었다. 거기다가 아름다운 외모까지 갖추고 있었다. 그러나 그는 시골의 빈농 출신이었으며 아무런 학력도 배경도 가진 게 없었다. 그야말로 찢어지게 가난했기에 중학교를 졸업한 어린 그를 먼 친척집 병원에 밥이나 먹여달라며 맡겼다. 거기서 뼈를 키웠으니, 결국 의사를 보조하는 병원 조수가 되었던 것은 당연한 결과였다.

홍안의 청년이었던 K를 처음 보았을 때부터 하잘것없는 자신의 일에 최선을 다하는 모습이 감동스러웠다. 선량하고 성실한 자세로 살아가는 그로 인해 주위의 우리까지 밝아졌으며, 그것은 어떤 학식이나 권력으로도 될 수 없는 그 사람만의 바탕이었다.

착실히 저축했던 돈으로 고향에다 소원이었던 땅을 사서 부모형제를 기쁘게 했고, 자신의 집도 마련하여 결혼하고 아이도 생기면서, 그만하면 순탄하게 살 것 같았다. 하지만 그의 가슴에는 꺼지지 않은 불씨가 있었다. 어느 날 모든 걸 정리해서는 경험도 없는 공장을 차린 거였다. 갑작스런 결행이었으므로 말릴 여유도 없었으며 가슴속 한(恨)을 이해하였기에 성공을 빌며 지켜보았는데, 무엇보다 성실한 K의 성품을 다들 믿고 있었다.

일 년쯤 지났을까. 몹시 어렵다는 소문이 들리더니 고향집 땅도 처분했다 했고 드디어는 형제를 비롯한 처갓집 재산까지 처분했다고 했다. 아무것도 가진 게 없었지만 착실한 인품으로 신뢰를 받았고, 두 집안의 기둥이었던 그였기에 모두들 아낌없이 주었을 것이다. 그러나 K는 일어설 수 없었다. 결국은 처남까지 학업을 포기했다는 소문이 돌더니, 평생 소시민으로 곱게 사신 장인은 충격을 이기지 못하고 말없이 집을 나간 후 지금까지 소식이 없다고 한다.

언제던가 마주쳤을 때 "형수, 형수," 하며 말을 잇지 못하던 것인데, 예전의 모습은 간데없이 생활에 찌들어 꾀죄죄하고 초라한 중년의 모습이 있을 뿐이었다. 순간 저러다가 아까운 사람 폐인 되겠다는 생각이 들기도 했지만, 아직도 나는 그에게로 향하는 믿음을 버리지 아니하였다. 성실한 인품과 생명이 있는 한 가능성은 항상 열려있을 것으로 믿기에 그렇다. 어느 날엔가 홀연히 만면에 웃음을 띠고 나타나서 어려웠던 오늘을 옛일로 얘기하게 될지 누가 알겠는가.

그에 반해 아름다운 소년 P의 이야기는 목숨을 잃는 극한상황까지 가고 말았기에 두고두고 가슴 아픈 일이 되었다. 스무 살도 훨씬 넘은 청년이 된 후에 갔지만 기억 속에는 언제나 수줍고 예쁜 소년일 수밖에 없는 것은, 성장하는 모습을 아주 어려서부터 곁에서 지켜보았기 때문이다.

초등학교 3학년이던 P를 처음 보았을 때 약간은 병약해보여도 해맑고 예쁜 아이였다. 공부도 잘했고 인사성도 밝아서 마주치면 기분 좋은 소년으로 P는 성장해갔다. 중·고등학교를 다닐 때도 어릴 적 모습에 변함이 없었으며 언제나 조용한 가운데 자신의 책임을 다하는 선비 같은 기품을 풍겼다. 강한 면모를 지닌 사나이다움은 없었지만 아파서 누운 적도 없었는데, P를 아는 우리 모두는 그가 가진 그대로의 기품을 좋아했으며 때로는 부럽기조차 했었다.

무난히 대학에 입학하여 외지로 떠나는 날, 그의 앞날은 찬란할 것이라고 입을 모았다. 방학이 되면 고향에 내려오던 P는 정말 아름다운 청년의 전형적인 인물이라 할만 했다. 미래를 의심할만한 징후는 어디에도 없었다.

P의 운명을 바꿔놓은 것은 바로 그 자신의 결심이었다. 우리에게는 좋게만 비춰지던 가냘픈 듯한 자신의 자화상이 그에겐 채워지지 않는 그 무엇이었던지, 2학년 봄 학기가 되자 해병대에 자원 입대해버렸다. 무난히 그 과정을 마칠 수만 있었다면, 그래서 또 하나의 자신을 극복할 수 있었다면 타고난 기품과 함께 얼마나

멋진 청년, 장년, 노년이 될 수 있었을지 상상해본다. 그러나 완벽을 향한 도전은 실패했고 많은 이들에게 치유되지 않을 상처를 안긴 채 가고 말았다.

고된 훈련을 이기지 못하여 쓰러졌다는 소식이 있고 반년 후, P는 들것에 실려 집으로 후송되어 왔다. 또 반 년 후, 홀어머니의 통곡 속에 화장터에서 한줌의 재로 변해 허공에 뿌려지고 말았다.

나는 오래도록 P의 죽음이 분하고 원통해서 견딜 수 없는 심정이 되곤 했으며, 실제로 P의 할아버지는 맏손자의 죽음을 슬퍼하다 불과 몇 개월 후, 그를 따라 가고 말았으니 생각할수록 가슴 저린 사연이다.

불완전하기에 우리는 인간이다. 완전한 인격, 완전한 사랑, 완전한 행복은 있을 수 없다. 하나를 위해서는 하나를 버려야하는 것이 인간인 우리 모두의 운명이라 생각한다. 완전하다면 애초에 인간으로 태어나지 않았을지도 모른다.

잡문(雜文)밖에 끼적이지 못하는 내가 왜 밉지 않겠는가만, 그래도 그것을 삶의 낙으로 여기는 것이 나의 몫이려니 해야 한다고 믿고 산다.

앞서 소개한 두 사람은 분명 훌륭한 인격의 소유자들이었다. 그들을 아는 모든 이들에게 편안함을 주었으며, 그보다 그들 집안에서는 대들보 같은 인물들이었다. 다른 이에게는 편안함과 신뢰를 주었으나 정작 본인은 그것이 부담이었나 보다. 하지만 작은 그릇으로서의 역할이 자신의 몫이 아니었을까한다.

인생에 도전장을 던지고 극복해 가는 삶을 사는 이들이 있기에 인류의 역사가 바뀌는 위대함이 또한 있는 것이지만, 그것이 꼭 나의 몫이어야 할 필요가 있을까? 세상에 사람은 많고, 다른 이에게 그 일을 양보할 수도 있는 것이라고 생각하면 어떨까.

아무것도, 아무도 모르는 인생길이 아닌가. 자족하며 물 흐르듯 무리 없이 살아서 주위사람들을 울리지 않는 것도 사람으로 태어나서 할 만한 일이라고, 자신을 부족하다고 느끼는 누군가에게 꼭 말하고 싶다.

오늘도 종재기로서의 역할에 충실한 당신이 최고라고 말이다.

조 여사님

조용히 글 한번 쓰고 싶었습니다.

여전하시겠지요. 여전히 조용하시고, 여전히 열정적이신 그 마음을 떠올려봅니다.

그리고 보니 여사님께는 '여진히'라는 단어가 참 어울리는 것 같습니다. 어디에 어떻게 쓰느냐에 따라 다르겠지만 여사님에게는 많은 덕목을 함축한 말인 줄을 잘 아실 겁니다.

언제 어디서나 조용한 행동과 말투, 그리고 미소… 절제가 아름다움이라는 것을 보이셨다는 것을 정작 본인은 모를 수 있다는 생각이 듭니다. 어느 자리에서나 드러나지 않게 빛나던 그 모습을 많이 부러워했다는 것도 아마 모르실 겁니다. 지금 고백하지만,

많이 좋아했습니다.

조 여사님과의 만남으로 자칫 후회할 뻔한 나의 꽃 인생이 아름다울 수 있을 정도라면 믿으실는지요. 정확하지는 않지만 나보다 서너 살 위이기도 하고, 또한 여러 면으로 부족한 나를 언제나 '선생님'이라고 호칭해 주신 것도 정말 고맙게 생각하고 있습니다.

이건 다른 이야기입니다만, 누군가 내게, 살면서 기뻐할만한 일이 무엇이냐고 묻는다면 단연코 뜻 맞는 사람과의 대화라고 할 것입니다. 그런 일은 일생을 통해 몇 번 오지 않는 호사라고 생각합니다. 바로 그런 흔치않은 기쁨을 여사님을 통해 누릴 수 있었습니다.

우리가 처음 만났던 날을 기억합니다.

주상복합 상가의 가장 안쪽에 있었던 꽃꽂이 학원, 초여름의 어느 날 오후에 오셨었지요. 키가 크고 우아한 분이었습니다. 꽃꽂이를 배우고 싶다하셨고, 그렇게 우리는 만났습니다. 상가 뒤쪽의 아파트에 친정 부모님이 살고 계셨기에 일주일에 한번 꽃을 꽂아 드리고 싶은 마음으로 시작했다는 것은 뒤에 알게 되었습니다.

우리는 꽃꽂이를 가르치고 배우는 것보다 대화가 더 많은 사이가 되었지요. 서로의 아픔에 공감했고 무엇보다 뜻이 같았습니다.

시댁에는 맏며느리로, 친정에는 맏딸로서 책임을 다하시는 것을 존경스런 마음으로 지켜보았지요. 위로 오라버니가 있었지만 몇 년 전에 사고로 잃었다며 아파하던 모습도 생각납니다. 처사님께서는 처남이 묻히던 날의 무덤 앞에서 절절히 써내려간 편지를 읽고 그것을 함께 묻으셨다지요.

어느 날엔가 뵈었던 친정어머니도 참 고우신 분이더군요. 큰아들을 잃고 불치병으로 고생하시는 어머니를 지켜볼 수밖에 없는 딸의 심정이 어떠했을지는 말해서 뭣하겠습니까. 시부모님께 최선을 다하신 것도 잘 알고 있습니다.

누구의 말도 들리지 않던 내게 여사님의 진심어린 충고는 충분히 마음을 움직였습니다. 우리의 아픔은 빨강 파랑 색깔만 다를 뿐 그 무게는 같은 것이라고 하신 말, 하지만 나는 끝내 감당하지 못해 주지않고 말았으나 여사님은 묵묵히 이고지고 가셨습니다.

남에게서 뭔가를 받는다는 것에 심한 거부감을 가지고 있었던 나는, 좋은 마음으로 받을 줄도 아는 것이 진정한 겸손이라는 그 말에 많이 부끄러웠습니다. 그것이 교만인 줄을 미처 알지 못했던 겁니다. 해서 그 버릇은 지금 많이 고치고 삽니다.

영혼이 맑다고 하신 것은 내 인생 최고의 찬사였습니다. 그렇게 받아들여졌습니다. 이제껏 누구에게도 들은 적 없는 분에 넘치는 칭찬으로 생각합니다.

누구라도 좋아할만한 편안한 인품과 교양을 두루 갖춘 분이기도 하지만 내가 여사님을 좋아했던 것은 바로 그 자신감 때문입니다. 남을 칭찬할 수 있다는 것은, 그것도 자신보다 나을 게 없는 사람을 칭찬하는 것은 자신감 없이는 불가능한 일일 테니까요. 그렇습니다. 여사님은 부드러운 자신감의 소유자였습니다. 그것은 평화의 땅에서만 거둘 수 있는 값진 열매가 아닐까 합니다.

어느 여인이 내게 그랬습니다. 너는 사랑을 모르는 것 같다고, 그래서 평생 사랑을 못할 것 같다고. 사실은 너무 쉽게 사랑에 빠지는 그녀를 내가 나무라는 과정에서 나온 말입니다만 나로 하여금 많은 생각을 하게 했습니다. 남녀 간의 사랑이 그리 쉬운 것인지는 지금도 알 수 없지만 어쩌면 나는, 나를 알아주는 사람, 그렇게 자신 있는 사람을 기다린 건 아닐까 하는 생각이 여사님께 그 말을 듣는 순간 들었습니다. 아마도 정답일 겁니다.

함께했던 많은 시간들 속에서, 그래도 가장 정점(頂點)은 함께 안국선원을 갔을 때가 아니었나 싶습니다. 질서정연하면서도 엄숙한 분위기와 수불 스님의 법문에 압도당했지요. 법회가 끝나고 처음 온 사람들을 위한 초심자 법문이 따로 있다기에 우리는 작은 요사채에서 기다렸습니다. 잠시 후 문을 열고 들어오셨던 스님의

173

당당하던 모습, 그리고 그 법문을 잊지 못합니다.

"우리는 조금 전 법회 중에 영가천도(靈駕遷度)를 했습니다. 지금 이곳에 계시는 여러분은 살아있는 영가입니다. 살아있는 영가는 스스로 천도해야 합니다. 그러기 위해서 우리는 오늘 여기에 있는 겁니다."

울컥 가슴이 뜨거운 채로 곁에 앉은 여사님을 바라보니 미동도 없이 하염없는 눈물을 쏟고 계셨습니다. 그날 우리는 얼마나 즐거워했는지요. 처음으로 여사님의 들뜬 모습을 보았습니다. 자축의 의미로 진해까지 드라이브를 하고 좋은 차도 마시고 했던 그날이, 지금에 와서 생각해보니 우리 좋은날의 마지막이었나 봅니다.

얼마 후 나는 생활에 쫓겨 아무런 연고도 없는 사천으로 옮겨 살게 되었고 여사님은 예정대로 수불 스님의 제자가 되셨습니다. 그때의 내 심정은 간절하게 여사님과 같은 길을 가고 싶었습니다. 그러나 인생이 뜻 같지 않다는 것을 우리는 잘 알고 있지 않습니까. 이제 와서 어찌 여러 말들이 필요하겠습니까. 다 내 복이겠지요.

그 후에 몇 번, 특히 처사님과 함께 먼 길 찾아주셨던 것은 정말 감사했습니다. 새삼스럽지만 처사님께도 여러 가지로 고마웠던 마음을 전하고 싶습니다.

그때가 언제였던가요. 봄인 듯도 하고 가을인 듯도 합니다.

오랜만에 밀렸던 대화를 했지만 서로 어긋나있음을 아프게 느껴야 했던 그날, 돌아오는 길에 운전대를 잡은 손의 힘이 자꾸만 빠졌습니다. 당황스럽고 슬펐습니다. 하지만 그것은 마치 죽음과도 같이 받아들일 수밖에 없는 것이라는 걸 알았습니다.

오랫동안 막막했습니다. 아쉬움이 컸기에 몇 번의 만남을 더 가졌지만 대화는 헛돌기만 하고, 더욱 막막하기만 했습니다.

조 여사님, 여사님의 길이 옳은 것임은 확신합니다. 그것을 의심하는 건 아닙니다. 한갓 꿈 같고 물거품 같은 세상살이가 여사님에게는 어떤 의미인지도 압니다. 세상살이란 다함이 없고 우리에게 주어진 시간은 제한적이므로 진리의 선택은 단호함이라는 것, 그래서 성철 스님 같은 분은 처자식도 버렸다는 걸 왜 모르겠습니까. 더구나 뜻이 같았던 나 같은 사람은 오히려 축복해야 마땅한 것이겠지요.

그런 줄 알면서도 나는 왜 이토록 쓸쓸해하는 것일까요. 왜 이토록 못내 아쉬운 것일까요. 며칠 전 통화에서 너무 멀리 가버린 여사님을 한 번 더 느꼈고, 결코 닿을 수 없음을 인정했습니다. 예전의 온화한 목소리가 무척이나 그리웠었는데, 아직도 변방(邊方)을 떠돌고 있는 나를 안타까워하는 목소리를 들으며 이제는 마지막임을 직감했습니다. 부인을 끔찍이 사랑하시던 처사님은 지금쯤 같은 길을 가는지도 물을 수 없었지요.

진정코 우리의 인연은 여기까지인가 봅니다. 여사님과의 추억은 아름답게 간직하겠습니다. 여사님이라면 그것이 무엇이든 간에 이룰 수 있으리라는 믿음이 있습니다. 억지와 억척이 아닌 부드러움 속에 감춰진 간절함과 단호함으로 말입니다.

나는 그렇습니다. 너절하기 짝이 없는 이 세상에서 그 너절함의 짝이 되어 살려 합니다. 절대적인 죽음 앞에 아무 대꾸도 못하는 허약한 삶일지라도, 눈물 콧물이 범벅된 아픔과 슬픔 속에서 허망한 사랑이 피고지는 이 세상에 그냥 뒹굴며 살렵니다. 여기가 나의 자리입니다.

> 저 산마을 산수유 꽃도 지라고 해라
> 저 아래뜸 강마을 매화꽃도 지라고 해라
> 살구꽃도 복사꽃도 앵두꽃도 지라고 해라
> 하구 쪽 배 밭의 배꽃들도 다 지라고 해라
> ― 송수권 〈내 사랑은〉 중에서

한때는 내 삶에서 어떤 것보다 기쁨이었고 진지함이었던 여사님과의 추억이 떠돌다 사라진 구름은 아닐 것입니다. 지금도 가슴 속 어딘가에 그림자로 비치고 있으니까요.

부디 크게 이루시기를… 큰 보살님이 되어 큰사랑으로 회향하시기를….

백련사, 그 오솔길

남도의 가을 향기 맡으며 강진만(灣)에 들어선다.

만으로 가는 길은 늘 이랬다. 계절과 관계없이 언제나 같은 냄새가 난다. 우리네 가슴속 어딘가에 자리하고 있음직한 막막한 그리움의 냄새랄까… 첫 기억의 시삭 어디쯤을 맴도는 바람같이, 그렇게 적당하게 쓸쓸하고 적당하게 포근한 영혼의 냄새가 난다.

감정이란 지극히 개인적인 것이긴 하지만, 나를 밀치고 가버리는 세월이 서러운 날이라든지 나라는 존재가 떠도는 구름같이 느껴지는 날이라면 이렇게 만(灣)이 풍기는 향기에 취해봄직도 하리라.

강진만은 탐진강 하류와 바닷물이 만나는 곳으로 천연기념물인

큰고니 떼가 겨울 한철을 살고 가는 것으로도 유명하다. 또한 멸종 위기에 있는 어종(魚種)도 살고 있는 곳이라 하니 아직 우리에게 남아있는 몇 안 되는 천연의 보고(寶庫)라 해야 옳겠다.

200년 전 다산 선생이 걸으며 겨울이면 고니 떼의 날갯짓도 보았을 이 길을, 200년 후 한 여인이 천천히 차를 몰아가다 구강포를 바라보며 감회에 젖는다. 역사 속에 우뚝하신 인격자였던 선생은 이 길 위에서 과연 무슨 생각, 무슨 냄새에 젖었을 것이던가.

다산 정약용(1762-1836)의 자취가 고스란히 남아있는 이 곳 강진만 만덕산 자락에 동백나무와 후박나무, 비자나무 숲에 가려진 천년고찰 백련사가 있다. 강진만 구강포가 훤히 내려다보이는 백련사는 839년(신라 문성왕 1년) 무염선사가 창건했다고 한다. 초기에는 만덕사로 불렸으나 백련사로 불리며 이름을 날린 것은 고려 후기인 1211년 원묘국사 요세(了世) 스님이, 선 수행을 하고 싶지만 그럴만한 능력이 없는 일반대중을 위해 정토에 태어나기를 바라는 참회수행을 설하면서부터였다.

발심한 대중 1,300명의 염불소리가 밤낮으로 끊이지 않았다는데, 이것이 고려후기 송광사 정혜결사와 더불어 양 갈래를 이루었던 백련결사였다. 그 후 8명의 대사를 배출하며 80여 칸의 당우를 거느린 대가람이었다던 백련사는, 그 자취만 아련할 뿐이지만 조

촐함 속에서도 위엄이 느껴지는 것은 천년고찰만이 지닐 수 있는 무게일 것이다.

요즈음 어느 사찰이나 있듯 백련사에도 백련찻집이 있다.

창가에 앉으면 구강포가 한눈에 들어온다. 운이 좋아 작은 배라도 하나 떠있을라치면 절로 탄성이 나올 정도이니 그야말로 절경이라 할만하다. 사람 사는 곳은 어디나 똑같은지 이 찻집도 주인이 자주 바뀌어서 어느 날은 어수선함 때문에 앉고 싶은 생각이 없는 날도 있지만, 중요한 것은 다산 선생이 직접 만들어 즐기던 만덕산 야생차인 전차(錢茶)가 여기에 있다는 사실이다.

엽전모양을 닮았다하여 전차로 불리며 곡우를 전후해 첫물과 두물로 구분하는 차이다. 찻잎을 쪄서 절구에 찧어 만드는 일명 떡차인데 다산이 엽전을 닮은 전차로 만들었다. 문헌에 의하면 열 번을 우려도 그 향이 변함 없다하나 잘 헤아려지지 않음은 결국 사람의 향기가 아닐까싶기도 하다.

다산이란 원래 야생차나무가 많았던 만덕산의 다른 이름이었고, 정약용 선생의 또 다른 이름이 된 것이니 그분의 사상과 인격이 어우러졌던 차, 그리고 말이 통하는 벗과 나누던 그 맛을 어렴풋이 알 듯도 하다.

선생은 유배가 풀려 고향(경기도 남양주)에 가서도 초의선사와 다신계 선비들이 보내주는 이곳 차를 아껴 마셨다 한다. 생을 마감하는 순간까지 다종(茶鐘)을 곁에 두었을 정도로 차를 사랑했던 진정한 다인이셨다. 다산의 차 사랑이 이곳으로부터였는지는 확실치 않으나 백련사 승려이던 혜장과의 만남으로 초의선사, 추사 김정희 선생과 함께 명맥만 유지되어 오던 차 문화를 크게 중흥시켜 오늘에 이르게 한 것만은 사실인 것 같다.

고단한 유배지였던 이곳생활 18년 동안에 선생은 500여 권의 ≪여유당전서≫를 집필하며 다산이란 호를 얻었고 세상은 동양철학의 정신과 차를 얻었다 할 수 있겠다.

지금은 해안을 끼고 큰 도로가 나있지만 다산초당까지는 만덕산 오솔길을 걸어야 한다. 백련사와 다산초당을 오갈 수 있는 산길은 800m정도이니 늦은 걸음으로도 30분이면 닿을 수 있다. 언제부터였는지 나무꾼들이 다니면서 자연스레 만들어졌을 이 길은 다산초당이 지어지고부터는 다산의 길이 되었다.

군데군데 야생차 군락이 눈에 띄고, 동백과 후박나무 떡갈나무 사이로 바람이 부는 길이다. 선생의 시에도 나와 있듯, 조각구름 흘러가며 흐린 하늘 개이고 봄이면 진달래로 덮이는 이 길을 다산과 혜장은 달밤에도 오가며 차와 더불어 대화를 나누었던 것으로 전해지고 있다.

속인으로 살지언정 선인을 꿈꾸었던 다산의 높은 정신과 선생 보다는 10년 아래이면서 수행자로서 고고했던 혜장과의 대화는 과연 어떠했기에 그리도 끝없이 이어졌을까.

유불선(儒佛禪)의 만남이었을 그 높은 경계를 감히 헤아릴 수는 없다. 그러나 지금도 그때처럼 두 분의 발자취 따라 걸으며 이토록 사무치는 것은, 후대를 사는 우리에게 물질보다는 보이지 않는 것의 무한한 가치를 일깨우고 있기에 그러하다.

오늘날 오솔길은 잘 보존되어 있다. 나무계단도 만들어놓았고 미끄러운 곳에는 손잡이도 설치되었다. 한때는 나무꾼의 길이었고 또 한때는 다산과 혜장의 길이었지만 지금은 이곳을 찾는 우리의 길이다. 이따금씩 산새가 울뿐 산길은 언제나 한적한데, 혼자여도 좋지만 좋은 말벗과 함께 걸을 수 있다면 잡다한 세상사를 다 내려놓을 수 있을 만큼 아름다운 곳이라고 장담할 수 있다.

백련사 8명의 대사 중에서 마지막 8대 대사였으며 지금까지도 대흥사 쪽에서는 12대 강사로 꼽히는 혜장선사는 40세의 젊은 나이로 대흥사 북암(北庵)에서 병사(病死)했다. 산길 오가며 마음을 주고받았던 혜장의 죽음에 다산은 크게 슬퍼하면서 그의 탑에다 비문을 새겼으니,

"얼마 남지 않은 나의 세월에서 그대 입 다무니 산속 숲마저도

적막하기만 하다오."

　세상의 어느 글이 이보다 더 간결하게 슬플 수 있다는 말인가. 어제와 오늘의 바람소리 다르지 않듯 사람 사는 이치 또한 그러할 것인데, 마음을 주고받던 사람의 죽음 앞에서 황망했을 다산의 슬픔이 그대로 전해지는 가슴 아픈 대목이다.

　강진만 구강포를 내려다보며 천년의 숨소리를 간직한 백련사는 격동의 세월을 살다간 다산의 숨결이 곳곳에 배어있는 사찰이다. 오솔길을 사이에 두고 다산초당이 있으며, 오솔길 초입에는 천연기념물로 지정된 동백나무숲이 있다. 세종의 둘째형인 효령대군이 8년간 머물 당시에 조성했다고 하며, 대낮에도 어둑할 정도로 울창한 숲이다.

　동백나무숲에는 간격을 두고 흩어져있는 이끼 낀 부도탑들이 세월을 이고 서서 사람의 마음을 스산하게 만진다. 부도가 먼저였을 것으로 추정되는 숲에 동백꽃이 질 때면 떨어진 꽃잎들과 탑의 조화가 장관을 이룬다고 한다. 몇 번을 와도 아직 본 적 없지만 아마도 목이 메어 쉽게 발길을 돌리지 못할 것만 같다.

　동백 숲을 걸어 나와, 찻집 앞에 있는 배롱나무 아래서 저 멀리 포구를 바라본다. 한 찰나가 무량겁이라 했던가! 우리는 무엇을 얼마나 알며 또 얼마나 모르는지, 무엇을 위해 걸어 왔고 또 무엇을 위해 얼마나 걸어야하는 건지….

하늘 아래 새로울 것이 없다는 옛말이 가을비처럼 가슴에 내린다.

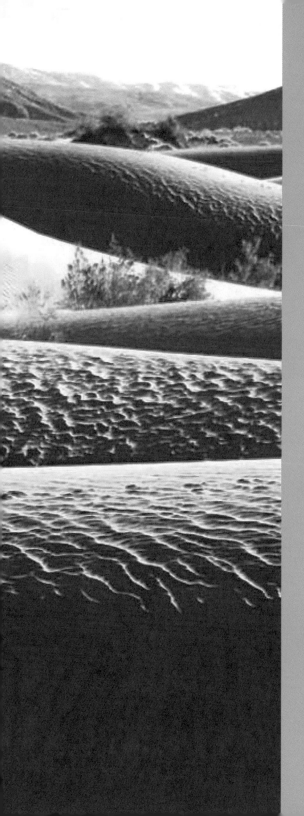

제5부

가을
노래

그날 이후, 나는 분명 하나의 마침표를 찍었다.

어떤 경우에도 버릴 수 없었던

내 사무침에 대한 보상 같은 것이었다.

그해의 안거(安居) 후로는 본 적 없지만

어디서든 정진(精進)하고 있을

그녀를 떠올리면 든든하고 미덥다.

계곡물 소리와 함께 선물처럼 안겨온 말,

'수좌는 물러서지 않습니다.'

—본문 중에서

가을노래 · I

하늘 높아가는 소리가 들린다. 빛으로 바람으로 마음으로.
  작열하던 태양은 위력을 잃어 고개 떨구고 높은 하늘과 물기 머금은 바람, 귀뚜라미 울음이 아름다운 합창으로 다가선다.
  아직은 푸른 저 잎들도 이제 곧 낙엽 되어 떨어지리라.

  오늘같이 하늘 높고 청명(淸明)한 날은 그리운 이가 올 것만 같아 마당을 정성껏 쓸어본다. 큰 눈을 그리움으로 가득 채운 이가 대문을 열고 들어설 것만 같아 아무도 모르게 가슴 설렌다.
  그가 막 쓸어놓은 마당을 지나 내게로 오면 눈물로 맞을 것만 같다. 그러나 달려 나가진 않을 것이다. 열려진 대문과 정갈한 마당으로 더욱 간절한 마음을 표현하고 싶을 뿐.

아! 산다는 것은 어찌 이리도 긴 기다림인지…….

가을이면 누구나 사랑을 앓고 그 깊이만큼 성숙한다. 쇼팽의 야상곡이 흐르는 공간에서 사랑하는 사람과 마주 앉으면 사랑하는 이의 눈은 가을 호수가 되고 대화가 없어도 충만한 가슴, 그때 우리는 말의 무가치함을 인식(認識)한다. 정말 소중한 것은 말로 표현되지 않음을…. 그래서 우리는 때로 아파했던 것이다.

가을 창가를 사랑해 보지 않은 이가 있을까?

가을은 창(窓)으로 우리를 유혹한다. 가을의 창으로 흘러들어오는 햇살과 가을의 창을 스치는 바람소리는 살아있음의 기쁨에 떨게 하고 또 한 번의 가능성을 속삭여서 우리를 꿈꾸게 하고, 꿈속의 나를 만나게 한다.

꿈속의 나는 위대하기 그지없는 예술가, 눈이 큰 가을을 사모하는 맑은 영혼의 소유자, 그러나 꿈은 나와 합일(合一)되지 못한 채 기약도 없는 기다림으로 지쳐있음을 본다.

가엾은 내 꿈으로 하여금 꿈속의 꿈을 꾸게 하는 안타까운 마음이 되어 누군가에게 긴 편지를 쓰듯, 나를 어루만지며 글을 쓴다.

가을에 쓰는 편지는 해도 해도 말이 남는다. 끝 모를 그리움으로 쓰는 편지는 차라리 대상이 없다.

그대라고 명명하여 부르지만 애욕(愛慾)으로 가슴 태우는 한 사람을 말하는 건 아니다. 그것은 신(神)일 수도, 나 자신일 수도 있다. 삶을 향한 외침이며 지친 꿈을 향한 손짓이다.

가을에 쓴 편지를 누구라도 그대가 되어 받아달라던 시인을 기억하고, 그의 노래는 또한 나의 노래임을 알며, 저만큼 멀어진 하늘을 본다.

가을 하늘은 유년(幼年)이 비치고 있는 투명한 마음속의 호수.

그 아름답고 소중했던 날들은 어디로 흘러가 지금 어디쯤 머물고 있는가. 유치함이 찬란함인 줄을 이제야 알았건만 그 유치함은 다 어디에 숨었는가. 잃어버린 것들을 찾는 사연으로 가득 메운 편지를 저 하늘로 띄우고 싶다.

가을은 나그네 되었던 내 마음이 나에게로 돌아오는 계절.

화려한 옷을 벗고 화장을 지우고 거울 앞에 단정히 앉을 일이다. 거울 속에 비친 내 모습이 자칫 초라할지라도 삶의 언덕을 넘으며 터득해가는 지혜의 눈을 볼 수 있다면 이 가을에 우리는 은혜로우리라.

　가을밤의 영혼은 맑다.

　시간 저쪽의 속삭임도 들을 수 있을 듯 투명한 영혼을 느끼며 잠 없이 영원히 깨어있고 싶다고 생각한다.

　헤매어 만난 모든 것들은 얼마나 속절없는가.

　결국 마지막 만나야 하는 건 초라한 나일 수밖에 없음을 알며 안내자 없는, 누구도 가보지 않은 나만의 길을 아직은 멀리 느끼며 걸어야 하는데—.

　아, 다시 가을이 오고, 나는 살아 숨 쉬고 있구나.

　가자, 누가 있어 나와 함께 손잡고 가을 속을 걷자.

　이 가을 어디쯤에 우리들 사랑이 웃고 있음을 믿으며….

1986년 가을

가을노래 · Ⅱ

한 잎 두 잎 은행잎이 떨어진다.

또 한 번의 가을이 시작된 것이다. 이제 곧 노란 잎들이 거리를
물들이며 가로수의 축제가 시작되리라.

단풍으로 물든 산, 맑은 계곡에 떠가는 낙엽, 어느 것 하나 사랑
하지 않을 수 없지만 가로수에 물든 도심의 가을을 더욱 사랑한
다.

가을비 내리는 날의 길가 찻집, 창 너머로 떨어지는 낙엽의 차
가움을 사랑한다.

퇴색한 잎들이 뒹굴고 싸늘한 가로등이 빛나는 가을의 밤거리,
그 가로등 밑 어깨를 감싸 안고 지나는 연인들의 밀어는 이 가을

과 함께 영원의 말들로 남겠지ㅡ.

　가을엔 벗이 필요치 않다.

　낯익은 도시의 한가운데서 떠돌이가 되어 헤매다 지치면 낮고 낮은 나의 목소리가 들린다. 순한 얼굴이 보이고 투명한 가슴이 보인다. 부질없는 것들은 다 털어버리고 내안으로 들어오라는 꾸짖음은 준엄하고 냉철하다. 그 차가움이 못내 눈물겹다.

　은행잎들을 주워본다. 떨어진 잎들은 자신의 사명을 다했다고 말하는 듯하다. 그러나 붉은색 '말채'라는 나뭇가지에 그 잎들을 꿰어 매달면 그것은 또 다른 말을 한다는 것을 알고 있다. 그렇게 꼿꼿이 소재로 쓰인 은행잎을 보고 있노라면 마치 갓 태어난 나비 같이 전혀 다른 또 하나의 생을 사는 것만 같은데, 이것은 내가 부르는 가을노래 중 가장 소망스러운 부분이 될 것이다.

　가을이 깊으면 세월의 흐름이 잠시 멈춘 것 같은 착각에 빠진다. 그러다 모든 불빛들이 더욱 싸늘히 느껴질 때면 가을은 겨울을 향해 달음박질친다. 아쉬움으로 발구를 틈도 없이 나를 앞질러 가는 뒷모습만 바라보다 몇 날 밤을 뒤척이는 슬픔으로 끝나고야 마는 가을은 우리 모두의 운명 같다고나 할 것인가.

지금은 깊어질 가을을 기다리는 시간, 그러면서 왜 끝을 생각하는가. 이것은 가을이 준 아픔이며 또한 선물이다.

언제부터인가 어깨를 맞대며 속삭이는 소리를 들었다. 영원한 것은 없다고, 그래서 세상에 너무 많은 뜻을 두는 것은 어리석은 일이며 한계 있는 세상에 한계를 가진 내가 산다고.

그리도 찬연하고 그리도 짧은 가을이, 인생처럼 이제 잠시 곁에 머물 것이다.

1990년 가을

가을노래 · Ⅲ

가을은 소리 없이 깊어갑니다.

유난히 길고 무더웠던 여름, 지난여름은 많은 말을 남기고 세월의 뒤란으로 사라졌습니다. 이 묵시의 가을 약속이 없었던들 그 살인적인 무더위와 어찌 감히 싸울 수 있었더란 말입니까.

법정 스님은 서걱거리는 잎 소리로 가을을 예감한다 하셨습니다. 어찌 스님뿐이겠습니까. 아침저녁의 바람 냄새 다름을, 어느 날 그때 우리도 알았습니다.

가만히 눈 감고 산사에 머물다 떠나는 바람소리 들어봅니다. 산사의 하룻밤은 기억에 없지만 물기를 거둬들인 나뭇잎들이 바람에 서걱거리는 그 소리가 들리는 듯합니다.

가을에 나는 하릴없는 나그네 바람이고 싶습니다. 가을햇살 머무는 언덕배기 바람이어도 좋고, 철 지난 바닷가 솔밭을 지나는 바람이면 또 어떠리. 마음 없는 바람 되어 그냥 가을 속을 헤매고 싶습니다. 그렇습니다. 서정주 님이 말하는 연꽃 만나러 가는 바람이 아니라 연꽃 만나고 가는 바람이면 좋겠습니다.

가을엔 모든 것들이 가장 자기다워집니다.

붉은 빛은 더욱 붉게, 노란 빛은 더욱 노랗게, 겉치레를 벗어던지고 본래의 모습으로 귀환합니다.

가을 창에 기대서서 저만큼 멀어진 하늘아래 펼쳐진 가을을 보며 나의 빛깔 나의 향기를 가늠해봅니다. 황금빛 열매가 될 수 있으리라는 눈부신 감정의 빛깔이 있는가 하면 알곡 거둬들인 들판에 남겨진 쭉정이같이 퇴색한 빛깔도 있습니다. 해서, 계곡의 낭떠러지 위에 걸쳐진 구름다리를 밟고선 듯 환희와 불안이 뒤섞인 복잡한 내 감정의 빛깔, 생각해보면 나라는 존재가 한 가지 색깔로 물든 나무보다 나을 게 없는데 말입니다.

삶이란 어쩌면 귀항지를 모르는 머나먼 항해일지라도, 그래서 때로는 표류하고 난파선이 될 위기에 놓인다 해도, 이 가을 맑은

창가에 닻을 내리고 조금 쉬어가려 합니다. 진정 우리가 원하는
건 삶의 항해가 고달플지라도 내 의지대로 닻을 내릴 수 있는 자
유였음을 문득 깨닫습니다.

산다는 것은 나만의 노래를 부르는 것, 나만의 춤을 추는 것.

벽에 걸린 무명화가의 그림을 바라봅니다. 강가의 나무들이 푸
른 걸로 봐서는 여름 같기도 하지만 외로운 등대와 물새, 그리고
먼 산을 보면 가을인 듯, 아마도 가을 초입인 것 같습니다.

흰 화선지의 여백이 그대로 강물로 처리된 이 그림이 마음에
들어 며칠을 고민하다 헐렁한 주머니를 몽땅 털었던 일을 기억합
니다. 그 일로 두서너 달 고생은 했지만 그런 정열이 있다는 사실
에 오히려 뿌듯했습니다. 가을이면 붉게 타는 단풍이 아름답듯이
그럴만한 때 나를 태울 수 있음이 아름다움일 것입니다.

단정한 낙관이 맑게 빛나는 화가의 생애는 가난과 굴욕으로 이
어졌고 혼을 불태우다 외롭게 스러졌다고 들었습니다. 고흐와 고
갱이 아니더라도 이름 없이 낙엽처럼 져버린 수많은 예술가들을
위해 이 가을 저녁에 한 자루의 향을 사르고 촛불을 켜려합니다.

순수한 영혼이었기에 더욱 삶이 고단했던 그대여! 너무 슬퍼하

지 마소서. 마른 잎 지는 저녁에 당신의 그림으로 위로받고 영원을 향한 믿음의 촛불을 켜는 한 나그네가 여기 있습니다. 그대여! 나는 지금 당신이 화선지 위에서 부르다간 가을노래를 듣고 있습니다. 그대가 부른 노래는 또한 영원의 노래였음을 압니다. 조락의 계절에 영원을 노래했던 그 순수와 정열을 느끼고 있습니다.

너무 많은 것을 바랐습니다. 철저히 나를 불태웠던 순간들이 과연 있기나 했던지… 부끄러움에 무참해짐을 어쩌지 못합니다.

가을밤 창밖에서 들리는 소리들은 우리를 그리워지게 합니다. 살면서 삶이 그리운 것입니다.

가을언덕에서 흘러가는 인생을 바라보노라면 살아온 날들보다 살아갈 날들이 또한 그리움으로 안겨옵니다.

내일은 하늘이 저만큼 더 멀어지겠지요. 그 하늘 벗 삼아 나이를 잊은 채 들국화 한아름 꺾어 안아보고 싶습니다. 마치 삶을 보듬듯 그 향기 가슴에 스미도록 꽃묶음 속에 얼굴을 묻고 싶습니다.

진실로 내 자화상이 가을 같기만을 기도합니다.

화려한 무늬들일랑은 버리고 내 빛깔 하나 되어 안으로 영그는,

불탈 때 불타고 물러날 자리에서 머뭇거리지 않기를, 비록 보잘것없는 열매라 해도 자족하며 생명의 환희 누릴 수 있기를 기대합니다.

낙엽 구르는 소리, 하늘로 퍼지는 골목 아이들 웃음소리,
가을은 소리 없이 깊어갑니다.
영원을 사모하며 우리의 삶도 깊어갑니다.

2008년 가을

뉴턴의 마지막 말

불멸의 천재 아이작 뉴턴, 그의 마지막 말은 그대로 감동이다.

새삼스러울 것 없이 누구나 알고 있는 얘기를 지금 이렇게 써보는 것은, 때로 삶의 태도를 스스로 힐책하고픈 순간이면 으레 뉴턴의 일생을 떠올리는 버릇에서 비롯된다. 앞도 뒤도 돌아보지 않고 오직 불굴의 신념으로 살다간 그를 생각하노라면 인간의 위대함이랄까, 또는 삶의 엄중함 같은 어떠한 순간에도 사그라지지 않을 삶의 불씨를 확인하게 한다. 진정 인간의 한계와 위대함은 어디까지란 말인가.

인간의 지적능력에는 한계가 없다는 것을 여실히 보여주며 살았고, 죽음의 순간까지 그 신념의 말을 남겨준 아이작 뉴턴을 떠올리면 삶의 옷깃을 여미지 않을 수 없다.

그는 1642년 잉글랜드 동부 링컨셔의 울즈쇼프에서 성탄절에 태어났다. 이 위대한 천재는 태어나기 전에 이미 아버지가 사망하였고, 세 살 무렵 어머니가 재혼하였기에 외가에 맡겨지는 등 불우한 환경에서 자라야 했다. 그래서였는지 다 자라서까지 아주 병약했으며 성격도 비뚤어져 있었다. 싸움을 좋아했고 사람들과의 교제가 서툴러서 누구와도 어울리지 못했으며 그 결과 평생 독신으로 살았다. 한 인간으로서 안락함과는 너무도 거리가 먼 생을 살면서도 그는 인류의 역사를 바꾸는 위대한 업적을 남겼다.

대학시절의 뉴턴은 빛에 매혹되어 태양의 포로가 되었는데 한번은 거울 속의 태양을 넋을 잃고 들여다보다가 시력을 잃을 뻔했던 일도 있었고, 교수시절에는 강의를 들으러 오는 학생이 거의 없어서 한 명도 없을 때는 벽을 향해 강의를 한 적도 있다한다. 관성의 법칙을 비롯한 빛나는 업적들은 이렇듯 타고난 천재성에 지적 호기심으로 가득했던 집착과 의지가 결합하여 이루어낸 처절한 외로움의 산물이었다.

오랫동안 뉴턴을 연구했던 볼테르의 말대로 그가 천 년에 한번 나올까 말까한 천재였다면 그것은 바로 인간본연에 대한 통찰력까지 갖추었기 때문이 아니었나싶다. 우리 같은 사람은 백 년을 살아도 모를 것만 같은 인간사를 젊은 날에 다 알아버렸던 건 아닌지 의심하게 된다. 평생 혼자였다고 해도 그것은 형편에 강요당했다기보다 자신의 의지라는 생각이 드는 것은, 무엇보다 지적인 호기심을 방해받는 환경을 만들고 싶지 않았으리라고 여기기에 그러하다. 혼자여서 불안하거나 두렵기보다는 오히려 충만했다고 믿어진다.

"내 최고의 친구는 진리다."라고 외쳤던 그의 삶은 흡사 출가승 같다는 생각도 든다. 젊은 날에 생을 의심하여 일생을 토굴에서 혼자 살며 자신과의 사투를 벌이는 스님들이 있다는 것을 우리는 알고 있다. 오로지 몰입이라는 경지를 사수하며 혜안을 얻어 그것을 세상과 나누며 보살행을 하는 분들도 있고, 드물게는 아무런 흔적조차 남기지 않는 이들도 있다. 가짜가 아무리 판을 쳐도 올곧은 진짜들이 숨 쉬는 곳도 바로 이곳, 인간 세상인 것이 기쁘다.

어디까지나 내 생각이지만 홀로 몰입의 경지를 유지하며 인류사를 발전시킨 아이작 뉴턴은 불가의 용어를 빌어서 보살 중의 보살이라 할 만하지 않겠는가.

만년에는 연금술을 비롯한 신비주의에도 몰입했던 무한한 호기심의 뉴턴을 우리 시대의 칼 세이건 같은 우주과학자는, 사실 뉴턴의 지적인 업적은 합리주의와 신비주의와의 대립에 의한 긴장이 낳은 것이라고까지 말하고 있다.

과학자이기 전에 외로운 몽상가였던 뉴턴, 그가 1727년 퀙딩턴에서 죽음 직전에 쓴 짧은글은 우리에게 실로 많은 이야기를 하고 있다.

"사람들에게 내가 어떻게 보이는지 나는 모른다. 그러나 내 자신에게 나는 해변에서 노는 소년처럼 생각된다. 나는 때때로 예쁜 자갈이나 조개껍질을 발견하고 그것을 즐기지만, 진리의 대양은 모조리 미발견인 채 내 앞에 누워있다."

아무리 곱씹어도 늘 신선한 충격으로 다가오는 위대한 말이 아닐 수 없다. 감히 말하고 싶다. 인간의 역사에 이런 인물이 있었다는 것은 우리에게, 아니 앞으로의 세상에도 영원한 기쁨이 될 것이라고.

뉴턴이 이룩한 수많은 업적보다 더 눈부신 것은 이렇게 소박한 마음가짐이다. 천진함마저 느껴지는 이 마지막 말에 모든 것이 들어있다 해도 과히 틀리지 않을 것이니, 진리가 단순한 것이라면 위대함은 이런 소박함일 수 있겠다.

생전에 성취를 칭찬하는 이들에게 했던 유명한 말도 있다.

"만약에 내가 다른 사람보다 더 멀리 볼 수 있는 것이라면 그것은 거인들의 어깨 위에 올라섰기 때문이다."

핼리혜성을 발견한 당대의 천문학자인 에드먼드 핼리가 폐쇄적이었던 뉴턴을 세상에 알리는데 많은 공헌을 했던 바, 결코 그 공을 잊지 않은 겸손의 말이었다. 하나를 이루면 다른 어떤 것에도 아우러져 통하는 것인가, 생전에 했던 말들의 면면이 이렇게 아름다울 수 있다는 것은 문학적인 소양도 충분했음을 짐작케 한다.

빛의 흰 색깔은 스펙트럼이 혼합되어 생긴 결과임을 증명한 빛의 입자설과 만유인력 그리고 미적분의 원리까지 이루 다 말하기 벅찬 업적을 이룩한 위대한 사람, 그는 외골수에 괴짜였지만 결코 자신을 내세우지 않았다. 그것은 동서고금 인간사에서 정말로 잘난 사람은 잘난 체하지 않는 이치를 벗어나지 않는다. 뉴턴은 몰입의 기쁨 속에 살았으며 세상사는 관심사가 아니기에 한 순간도 자신이 잘난 사람이라는 생각을 하지 않은 것으로 보인다.

뉴턴은 만물의 중심에 신이 있음을 부정했다. 우리의 세계는 자연의 질서와 법칙에 따라 운용되고 있으며 이성을 계발하여 이 자연의 법칙을 통찰하면 인간이 우주의 주인이 되어 인간의 역사는 무한히 발전한다고 하였다.

런던과 케임브리지 외에는 거의 가본 곳이 없어서 생전에 이동 거리가 240km를 넘지 않을 것으로 알려진 괴짜 중에서도 골수괴짜였던 뉴턴, 그는 남들의 시선이나 평가에 초연했으며 평생 자신만 들여다보고 살았다.

역사는 지금도 이런 사람을 원하고 있을 것이다.

수좌(首座)는 물러서지 않습니다

그런 때가 있었다.

어떤 책도 읽을 수 없었고 어떤 글도 쓸 수가 없었다. 세상에 많고 많은 글들이 허접쓰레기로밖에 인식되지 않으니 세상 사는 재미가 책 읽는 일이었고, 서툰 글을 쓰며 그나마 행복했던 나로서는 아무 일도 할 수 없는 멍청이가 된 것이나 마찬가지였다. 부끄럽고 창피해서 어딘가로 숨고 싶은 심정으로 살았던 한때였다.

공지영 작가가 젊은 시절에 쓴 산문 〈내게로 온 부처〉는 불교를 알아가는 과정을 담담히 밝히고 있는데, 원래 가톨릭 신자였던 그분은 다시 신의 품으로 돌아갔다는 것을 요즈음의 어느 글에선가 읽은 기억이 있다. 깊은 고뇌와 성찰의 시간을 가졌을 것으로 생각하며 그의 선택에 무조건 박수를 보내는 바이다. 그리고 축하한다는 말도 덧붙이고 싶으니, 이런 문제에서의 입장정리는 얼마나 어려웠을 지를 짐작케 하기 때문이다. 두터운 독자층과 함께 한 시대의 흐름을 주도하는 사람으로서의 위치도 있으니 더욱 그러했겠지만 안심하시기를……. 우리는 비겁하지 않은 당신의 그런 결단성과 솔직함을 좋아한다.

나도 기독교 가정에서 자라났다.

엄마는 당시 가장 보수파에 해당하는 교회 소속이었으므로 대놓고 드러내지는 못했지만 나름의 신비체험을 가진 분이셨는데, 그래서 한층 독실한 신앙인이었기에 동생이 목사님이 된 것도 필연이라 할만하다. 우리 식구들에게 교회는 집이나 마찬가지였다. 성장기 때의 생활은 전부 교회 중심이었고 그것을 당연한 것으로 여겼다. 모든 것은 안정적이었으며 내 미래도 그 안정적인 틀에서 크게 벗어나지 않을 것으로 믿어 의심치 않았으니 그렇게만 살았다면, 아니 살 수 있었다면 내 삶은 아마도 평온했으리라.

언제부터였는지는 잘 모르겠고 누구도 눈치 채지 못했으나 내 가슴은 갈망으로 들끓기 시작했다. 교회생활 자체에는 아무런 불만 없이 오히려 즐거웠지만 나를 창조했다는 하나님을 만나보지 않고는 이 근본적인 문제를 풀 수 없다는 생각이 들었으며, 이것은 무조건 믿음으로 해결될 성질의 것이 아니라는 또 다른 믿음이 생겨나기 시작했다.

나는 알고 싶었다. 나는 도대체 누구인지, 어디서부터 생겨나서 왜 여기에 있는지. 몸은 교회에 머물렀지만 마음은 혼란과 번민으로 방황하며 닥치는 대로 책을 읽어 나갔다. 라즈니쉬, 크리슈나무르티, 마하리쉬…. 아름답고 잊을 수 없는 이름들이다.

그리고… 어느 날 드디어 〈반야심경〉을 읽었다. 색즉시공(色卽是空), 공즉시색(空卽是色), 불생불멸(不生不滅), 불구부정(不垢不淨), 부증불감(不增不減)… 거의 기절했다는 표현은 이럴 때 써야 한다. 좀 더 깨어서 알고 나면 예수님의 말씀과 다르지 않은 것이라 해도, 같은 말, 다른 표현이 사무치게 다가왔다고 해 두자. 흐르는 눈물을 손등으로 문지르다 잠이 든 기억이 새롭다.

〈금강경〉을 읽을 때는 무유정법(無有定法)이란 대목에서 얼마나 소스라쳤던가. 석가모니 부처님을 향해 무작정 할 줄도 모르는 절을 올렸다. 그렇게 해야 할 것 같았다. 그러면서 내 마음대로 말했다.

"오빠, 3000년 전에 어찌 이 모든 것을 아셨단 말입니까."

그 후로 남회근 선생 책에 빠져 살며 세상의 다른 책은 눈에 들어오지 않았고 부끄러워서 한 줄의 글도 쓸 수 없는 시기를 살 수밖에 없었다.

남회근 선생은 내게 큰스승이셨다. 만년에 홍콩에 머물며 95세까지 건강하게 사시다 2012년 11월에 입적하셨는데 다비 후 많은 사리를 수습했다는 남회근 거사님을 한 번도 뵌 적 없지만 지면으로나마 삼배를 올리며 많은 저술을 남기신 것에 감사의 마음을 표하고 싶다.

모태신앙이었던 나는 순전히 자의(自意)에 의해서 어디에도 뿌리 내리지 못하는 떠돌이가 되었다. 부처님을 사랑하게 되었다고 해서 신행(信行)생활을 잘하는 불교인이 된 것도, 그렇다고 철저한 수행인이 된 것도 아니기 때문이다. 그런 의미에서 공지영 작가나 현경 교수(유니언 신학대) 같은 분은 부럽고 존경스럽다.

내세도 기독교라는 고향이 있으니 언젠가는 돌아갈 수 있을까. 모르는 일이다. 알지 못하는 길 위에 서있는 자신을 안쓰러워하면서도 그보다는 좋아하는 마음이 더 크다는 것을 스스로 알고 있다. 그럴 것이다. 모르는 길 위에 서있는 나를 내가 좋아한다는 것, 이것은 하나님도 부처님도 그리고 나 자신조차도 말릴 수 있는 것이 아니다. 젊은 시절 한때는 이런 자신이 얼마나 싫고 괴로웠던가.… 그러나 어쩔 수없이 받아들이면서 나이 들어보니 꼭 싫지만은 않은 것인 줄을 알게 되었다.

그래서 그럴 수밖에 없지만 얼마 전까지, 아니 지금도 선방(禪房)을 기웃거린다. 앞서 말한 바와 같이 튼튼한 뿌리를 내린 수행인은 물론 아니고 앞으로도 그렇겠지만 떠돌이일수록 더욱 위로가 필요한 법, 자신조차도 말릴 수 없는 사모(思慕)의 마음을 유일하게 많이 위로받는 곳이다. 지금의 내게 있어 희망이기도 하다.

여기도 사람 사는 곳이라 때로는 그 희망만큼이나 무참히 실망할 때가 왜 없겠는가. 하지만 중요한 것은 어떤 것도 내 마음만큼은 꺾지 못한다는 사실이다. 알고는 있었지만 그런 순간이 오면 또 한 번 스스로에게 놀라곤 한다.

여기는 가끔 기인(奇人)들이 출몰한다. 세상을 거꾸로 사는 그들을 보고 있노라면 그래도 나 정도면 준수(俊秀)하다는 생각을 하며 혼자 웃기도 하니, 정말 웃기는 일이다.

대전에 있는 학림사의 오등선원에서 한 애기보살을 만났다. 실제 나이는 삼십대 후반이지만 결혼도 하지 않고 그렇다고 출가도 하지 않은 그녀를 그렇게 불렀다. 출가자가 아닌 일반인들이 모이는 시민선방이란 곳은 일정 경비가 필요한 곳이기에 왜 출가하지 않느냐, 어떻게 생활하느냐 등을 물어보았다. 지리산 어딘가에 혼자만의 토굴(土窟)이 있다고 했고 가끔씩 허드렛일로 돈을 번다는 대답이 돌아왔다. 그리고 지금은 모름지기 재가불자(在家佛者)의 시대이기에 출가는 생각지도 않는다고 했다.

선방은 묵언(黙言)을 요하는 곳이기도 하지만 그녀는 특히나 말이 없었고, 한번 앉으면 5시간 정도는 미동(微動)도 하지 않았다. 어느 날 휴식시간이 되자, 일어서는 애기보살의 뒤를 따라 계곡물에 같이 발을 담그고는 혼자만의 애기를 늘어놓았다. 흐르는 물을 바라보며 조용히 듣고 있던 그녀가 어느 순간 내 손을 잡으며 말했다.

"보살님, 아직 모르시겠습니까? 우리는 전생에 수행자였습니다."

잠깐의 사이를 두고, 잡은 손에 힘을 주며 또 말했다.

"수좌는 물러서지 않습니다."

마치 한 단락에 마침표를 찍는 느낌이랄까. 애기보살보다는 한참 연장자인 나는 그 순간 자칫하면 울 뻔했다.

처음 듣는 말은 아니었다. 수행자라고 자처하는 사람들이 흔히 쓰는 말이라는 것쯤은 알고 있었다. 하지만 이상하게도 처음인 것처럼 감동으로 다가온 것은 왜일까. 그것은 애기보살의 진정성이 그대로 내게 전해졌기에 가능한 일이었다. 스스로 수좌라고 하면서도 아무런 안정장치 없는 저잣거리 삶을 택한 그녀만이 가질 수 있는 힘의 진정성 말이다.

그날 이후, 나는 분명 하나의 마침표를 찍었다. 어떤 경우에도 버릴 수 없었던 내 사무침에 대한 보상 같은 것이었다. 그해의 안거(安居) 후로는 본 적 없지만 어디서든 정진(精進)하고 있을 그녀를 떠올리면 든든하고 미덥다. 계곡물 소리와 함께 선물처럼 안겨온 말, '수좌는 물러서지 않습니다.'

그래, 우리는 나아가야 한다. 수좌란 이 세상을 살고 있는 우리 모두를 지칭하는 말일 수도 있다. 모든 것이 변하고 스러진대도 그리하여 마침내 육체마저 사라진대도 멈출 수 없는 그 이유는, 진정으로 우리는 불생불멸의 영원한 존재임을 확신하기 때문이다.

※수좌 : 대중의 우두머리(맏이)를 가리키는 말이지만 지금은 통상 선원에서 좌선 수행하는 승려를 가리키는 말로 쓰인다.

산에 대하여

　　오래 전 〈산〉이라는 제목의 드라마를 흥미 있게 보았었다. 작가의 이름은 잊었지만, 전문 산악인이면서 글도 쓰는 분으로서 아마 주제가의 가사도 직접 썼을 것으로 여겨지는데 무척이나 아름다운 노랫말이어서 지금도 가끔 흥얼거리곤 한다.

　　　언제나 변함없는 저 푸른 산과 같이

　　　내 맘에 변함없는 꿈 푸르게 살아있어

　　　그리워 불러볼 수 없는 그대의 이름같이

　　　내 맘에 변함없는 사랑 영원히 살아있네

　　　왜 난 사는 건지, 무엇이 삶의 목적인지…

왜 난 걷는 건지, 어디가 나의 쉴 곳인지…

그리워 저 산을 바라봐

흘러가는 구름이 무어라 내게 말하는데

나는 들리지 않네.

출연했던 여배우가 바위에서 떨어져 크게 다치기도 했는데, 언제가 결혼한다는 기사가 실리는 걸 보고 반가운 마음이 컸다. 흉흉한 세상에 모든 걸 말끔히 치유하고 좋은 일을 맞이하는 그녀에게 진심어린 박수를 보내고 싶었다. 그것이 무엇이건 간에 꿋꿋이 극복하고 일어선 이에게는 또 다른 세상의 바람이 분다. 이것은 비교의 개념이 아니다. 완전한 새로움, 창조의 개념이다. 그러기에 어떠한 순간이라도, 오늘의 절망을 딛고 일어나 다시 걸어야 하는 것이 인생이다.

산을 오르는 것은 수행이다. 그렇게 생각한다.

특히나 혼자서 산을 오르는 것은 더욱 그렇다. 물론 나는 전문 산악인도 아니고 등산애호가도 아니다. 산을 그냥 가까이 느끼는 보통의 한국 사람이어서 전국의 유명 산 정도, 그리고 이따금 살고 있는 지역의 산을 오르는 게 고작이다. 그러나 누구 못지않게 산을 사랑하고 이해한다고 말하고 싶다.

한국 사람이 장수하는 요인 중에, 집만 나서면 산이기 때문이라는 것이 과히 틀린 말은 아닌 듯하다. 나는 지금 사천 와룡산 기슭에 살고 있고 그전에는 마산 무학산 기슭, 그리고 어려서는 부산의 천마산 기슭에 살았으니까.

와룡산은 등산인들 사이에서는 명산에 속하는 산이라지만 내게는 조금 버거운 상대다. 넓게 펼쳐진 너덜겅을 건너는 코스를 가히 일품으로 치면서도 십년동안 정상인 민재봉에(요즈음은 새섬봉으로 바뀌었다 한다.) 서본 것이 네 번 남짓이다.

그에 반해 무학산은 수도 없이 올랐다. 한때는 식수를 정상 가까이 있는 안개약수터에서 조달했을 정도였다. 장군동 우리 집 뒤로가 최단코스였기에 가능한 일이기도 했지만, 거짓말 조금 보태서 어느 쪽 코스이건 눈을 감고도 오를 수 있을 정도였고, 그 산의 시계(四季)에 대해서도 훤하다 할만하다.

이른 봄, 안개약수터 가는 길의 양옆으로 줄지어 새싹을 피워 올리던 화살나무 군락을 특히 좋아했다. 걸음을 멈추고 주저앉아 녹차 한 모금 마시며 여린 잎들을 바라보노라면 왠지 모를 그리움이 밀려오곤 했었다. 나는 그리웠다. 살면서 삶이 그립고, 삶 이전의 무엇이 그리웠다.

위 노랫말에서 그리워 저 산을 바라본다는 구절을 나는 나름대로 이해한다. 여기서의 저 산이란 물론 히말라야 쪽의 설산을 가리키는 것이겠지만 무슨 상관이겠는가. 실체는 같은 것이라 여긴다.

사람들은 그리워 산을 오르고 그리워 노래 부르고 그리워 글을 쓰는 게 아닐까. 작가 김훈은 산문집 ≪자전거여행≫에서 '너의 빈자리를 너라고 부른다'고 했고, 〈그리운 것들 쪽으로〉라는 글에서는 '사랑이여, 쓸쓸한 세월이여, 내세(來世)에는 선암사 화장실에서 만나자'고 소리 지르고 있다. 정작 작가가 화를 낼지도 모르지만 그 소리가 절규로, 통곡으로 들리는 걸 어쩌랴.

사실 김훈 선생 글을 읽으면 감히 올라 갈 꿈조차 꿀 수 없는 히말라야 에베레스트를 연상하고는 한다. 그 빛나는 감성과 필체는 흉내마저 낼 수 없다는 좌절과 절망을 느끼며 나에게 물어보곤 한다. 차라리 공해(公害) 같은 이 짓은 하지 않는 것이 낫지 않느냐고 말이다. 대답을 못하겠다. 아는 것은 한 가지뿐이다. 울음으로도 표현할 수 없는 그리움을 풀어내는 길은 이것밖에는 다른 것이 없다.

높은 산은 애초에 나의 몫이 아니다. 그것을 잘 알고 있다.

바다를 조망하며 능선을 따라 걷고 걸으며 나에게 끝없는 질문을 던졌던 무학산, 서마지기(정상 아래 넓은 공터를 이르는 말이다)

를 거쳐 정상에 올라 서늘한 가슴을 내려놓던 한 순간, 봄이면 철쭉으로 덮이고 가을이면 억새가 바람에 쓸려 몸을 누이고, 바위 틈새로 솟아나는 맑은 물로 목을 축일 수 있는 해발 761.4m의 누구나 오를 수 있는 아름다운 산, 바라건대 더도 덜도 말고 그만큼이면 족하다. 물론 이것만도 힘에 부치는 것이겠지만 그럴 수 있기를 바라고 또 바랄뿐이다.

8,000m 설산을 오르는 사람들이 있다. 그러다 다 피지도 못한 생을 마감한 산사람들이 얼마나 많은가. 그들을 생각하면 마음이 저려온다. 대한민국 최초로 에베레스트 정상에 태극기를 꽂았던 고상돈이라는 이름은, 그를 기억하는 우리의 가슴에 영원히 피어 있는 눈꽃이 되었다. 31살의 청춘을 알래스카 맥킨리봉에 묻어버린 그의 선택을 무엇이라 이름 붙여 뜨거웠던 심장을 대신할 수 있을 것인가.

또 한 사람, 여성으로서는 한국 최초이고 세계에서는 세 번째로 에베레스트를 정복하고 안나푸르나에서 생을 마친 지현옥을 잊을 수 없다. 서양화를 전공했으면서도 저 침묵의 산이 나를 부른다며 산악인으로 살던 그녀는 세계최초 무산소 등정이라는 위업을 달성했으나 엄홍길과 함께 안나푸르나에 올랐다가 영원히 내려오지 못했다. 결혼도 생각지 않았던 순수 산악인으로서의 그녀의 열정과 염원은 대체 무엇이더란 말인가.

그리고 박영석 대장, 그는 영원한 대장이다. 끝없는 도전과 도전으로 인류 최초 산악 그랜드슬램을 달성하고도 코리안 루트 개척을 위한 또 한 번의 도전을 하다 안나푸르나가 되어버린 진정한 우리의 대장이다. 그밖에도 박무택, 고미영 등 이루 다 나열할 수도 없는 많은 이들이 청춘과 사랑, 이상을 안은 채 산에서 사라져갔다.

우리는 모두 사라져간다.

조금 늦고 빠르고의 차이는 큰 틀에서 보면 별것 아닐 수 있다. 인생이란 것이 오래 살아 아름다울 수도 있고 안타깝게 요절했기에 더 아름다울 수도 있는 것이지만, 도전하는 인생이 아름다운 것만은 확실한 것 같다. 인생을 걸고 도전하는 이들이 있었기에 인류의 역사가 새롭게 쓰이고 발전한 것을 누구라서 아니라 할 수 있을까보냐.

고미영의 죽음으로 남자의 눈물을 여과 없이 보여주며 14좌 등정에 이름을 올린 김재수는 "그 누구도 아닌 나를 위해서 산을 오르지만 사람들에게 도전정신을 일깨우고 싶다."고 말한다. 크게 고개가 끄덕여진다.

어떤 수식어로도 모자라는 최고의 산사나이 엄홍길 대장을 보면 바람 냄새나는 그의 외모에서 참 잘 살았다는 느낌을 받는다. 타고난 외모보다 나이 들면서 풍겨지는 사람의 분위기는 모든 것을 말하고 있기에 그렇다. 빙벽(氷壁)에 매달린 채로 온밤을 새우기도 하면서 목숨이 경각에 달린 순간을 몇 번이고 넘긴 그에게서는 부드럽고 따뜻하지만 어떤 위엄이 느껴진다. 잘난 체도, 그렇다고 못난 체도 하지 않는 그를 보면 흡사 수행자의 맑은 모습을 보는 것 같다.

산은 언제나 거기 있다. 그래서 언제고 오르는 이의 몫이다.

몇 년 전이던가. 정말 힘들게 초겨울의 월출산을 올랐을 때 눈앞에 펼쳐진 바위들의 향연에 차마 말을 잃었던 나! 넋을 놓은 채 한참을 서 있다가 같이 올랐던 이의 등을 두드리며 말했었다.

"대체 얘들은 언제부터 여기서 나를 기다린 거야?"

그런 것일까? 예나 지금이나 늘 거기 있는 것, 그래서 간절히 원하기만 하면 내 것이지만 두려움과 무지로 인해서 찾지 못하는 것, 그것이 바로 내 그리움의 실체일지도 모른다는 생각을 그 순간 했었다.

가을 천관산에서도 같은 경험을 했다. 은빛 억새밭의 장관을 무엇에 빗대어 말할 수 있을까. 물결처럼 일렁이는 은빛 억새의 능선을 걸어 진죽봉을 만나게 되는 순간의 놀라움과 환희는 또 어떠했던가. 같이 올라간 이가 그랬었지.

"당신께 선물로 드리고 싶었습니다."

천관(天冠)이란 이름은 천자(天子)가 면류관을 쓰고 있다는 뜻이니, 그것을 내 감격에 빗대어 속이려한 것일 수 있다는 생각이 잠깐 들었지만, 그것이 가시면류관이라 해도 기꺼이 쓰고 싶었다. 어떠한 것도 용서되는 순간이 있다면 그것은 감동의 순간이다. 속아도 좋은 것이다.

나는 언제쯤 지리산 종주를 할 수 있을까. 아니 그런 날이 오기나 할 것인가. 그렇다고 이렇게 소박한 꿈마저 거둘 수는 없는 일 아닌가. 돌아오는 주말쯤에는 와룡산을 올라볼 엄두를 내어본다. 이번에는 봉화대를 거쳐 하늘먼당을 지나는 최장코스를 걸어볼 요량이다. 힘든 산행이 되겠지만 혼자 걸으며… 걸으며… 나는 나에게 말을 걸고 또 한 번 묻게 되겠지. 별재주도 없는 글을 계속 쓸 것이냐고. 이번에는 산사람들의 말을 빌려 대답하고 싶다.

누구도 아닌 나를 위해서, 그리고 저 침묵의 그리움이 나를 부르기에 어쩔 수 없다고….

침묵 속에 피어난 삶의 깨달음과 향기

鄭木日
(한국수필가협회 이사장, 한국문협부이사장)

1.

　홍옥숙 수필가가 문단에 데뷔한 것은 30여 년 전이다. 수필쓰기를 권하고 문단에 안내했던 사람이 필자였다.

　홍옥숙 수필가는 30여년 만에 처녀 수필집을 낼 원고를 들고 나타났다. 뜻밖이었다. 그 동안 작품도 발표하지 않았고, 동정(動靜)도 알 수 없었기에 문학과는 결별한 것으로 단정하고 있었다. 필자는 한 사람의 수필가가 30여 년의 공백 끝에, 다시 문학의 길에 돌아온 것에 안도하면서, 작품들을 읽게 되었다.

　먼저 '이 작가에게 수필은 무엇이었을까?' 에 대해 알고 싶었고, '수필쓰기는 삶의 어떤 의미였던가?'를 찾아보고 싶었다. 수필을 쓰지 못했던 삶의 시·공간에는 그럴만한 개인사(個人事)가 있었을 것이지만, 놓쳐버릴 수 없는 의식과 욕구가 '수필'이었을 것이다. 삶에서 절대로 놓칠 수 없는 의미와 가치의 핵심에 '수필'이 눈을 뜨고 있었다. 수필을 통해 지난 삶을 성찰하고, 인생의 발견과 의미를 깨달음의 꽃으로 피워놓고 싶었다. 홍 수필가는 침묵 속에서 때를 기다리고 있었을 뿐, 망각이나 공백 속에 파묻혀 있은 것은 아니었다. 수필쓰기를 멈춘 채 숨을 가다듬으며 때가 오기를 기다리고 있었다. 침묵 속에 사유는 더 깊어졌으며, 재기의 열정을 다스리며 연단의 세월을 보내고 있었다. 가슴에 새겨진 '수필'은 마음의 세정제가 돼주고, 삶의 순간마다 새봄에 눈뜨는 잎눈 꽃눈처럼 인생의 의미와 가치를 발견해주는 힘이 되었을 것이다. 그냥 그렇게 살아가며 흘러가버린 세월이 아닌, 삶 속에 의미의 꽃눈, 가치의 잎눈을 피워내는 자의식의 발로로써 수필을 다시 쓰지 않을 수 없었음을 알게 되었다.

인간은 한시적인 삶을 살 뿐이며, 시간은 망각의 바이러스를 뿌려 인간이 남긴 그 어떤 자취도 흔적도 없이 지워버린다. 인간이 얻어낸 유일한 영원장치가 있다면 기록이 있을 뿐이다. 수필은 '나의 삶과 인생을 담는 그릇'이다. 수필은 기록에 그치지 않고, 체험을 통한 인생의 발견과 의미를 담아낸다. 이런 까닭에 '수필'이야말로 '나의 삶, 나의 인생'을 남기는 유일한 영원장치가 아닐 수 없다.

수필을 쓰려면 마음속에 촛불을 켜야 한다. 촛불이 켜진 자리가 자신을 만날 수 있는 중심점이다. 작가인 내가 자신을 살피고 있다. 사색의 한복판에 앉아야 한다. 그 곳에 내면의 얼굴을 들여다볼 수 있는 마음의 거울이 있다. 마음의 거울이 깨끗하고 청결하여야 영혼의 모습을 바라볼 수 있다. 사소한 일상의 흥미와 쾌락에 빠져서 수필을 쓰지 못한다면, 자신의 내면을 볼 수 없고, 삶의 발견과 의미도 놓쳐버린다.

수필의 바탕은 진실과 순수이다. 수필가는 부단히 마음의 때와 얼룩과 먼지를 닦아내야 한다. 마음의 연마가 있어야 인생의 제

모습을 들여다 볼 수 있다. 수필만큼 삶을 확장시키고 스스로 깨달음에 이르게 하고, 영원과 대화할 수 있는 벗이 없다. 수필은 마음을 맑게 해주는 정화수요, 안정과 평화를 안겨준다. 수필은 고백과 토로를 통해 갈등, 반목, 대립, 원한, 열등감에서 벗어나게 하는 치유사(治癒師)가 돼주기도 한다.

수필쓰기를 통해 얻는 기쁨은 스쳐가는 시 · 공간을 보면서 인생을 발견하고 있다는 자각이다. 수필을 쓰면서 이 순간 심장의 고동소리를 듣고, 영원의 숨결을 의식할 수 있음은 얼마나 다행한 일인가. 수필쓰기는 살아있음의 자각이요, 그 표현이다.

2.

홍옥숙 수필가의 말에 의하면 이번 처녀 수필집의 원고들은 최근 1년 동안 집중적으로 쓴 글들이다. 이제 수필가 본연의 자리에 돌아온 것을 확인시켜 주고 있다. 그는 오늘의 이 순간을 얼마나 갈망하고 있었던 것인가.

그는 나의 친구다.

나이로 치자면 20년 연상이고 족보로 따지자면 시가 쪽 7촌 조카지만, 그리고 이제껏 친구하자는 등의 말을 해본적은 없지만 심정적으로 분명히 우리는 친구다. 30년도 넘는 세월을 가까이 지내며 세상 사람들 중에 몇 안 되는 말이 통하는 사이로 살았으니 친구라 할 만하지 않겠는가.

어떤 경우에라도 너라면 옳을 것이라는 믿음이 가는 사람, 해서 어떤 경우라도 기꺼이 서로의 편이 되어줄 수 있는 사람을 나는 친구라고 부르는 것이다. 결국 혼자 울어야하는 것이 인생이라 해도 나를 알아주고 믿어주는 사람이 있기에, 나 또한 그들에게 그런 존재이기에 우리는 남몰래 흐르는 눈물을 훔치고 다시 일어설 수 있는 것인지도 모르는 것이다. (중략)

나는 그의 입에서 나오는 말들이 놀라웠고 세상의 어떤 책보다 지혜롭고 감동적으로 받아들여졌다. 이렇게 심도 있는 대화는 아무하고나 할 수 없는 것이라며 그도 나와의 대화를 즐거워했는데, 그건 아마도 내가 그를 알아봐주었기 때문일 것이다.

우리는 한동네에서 십 수 년을 함께 살며 교류했는데 나는 그의 눈을 통해 세상을 재해석하기도하면서 부족한대로 오늘의 내가 되었다는 생각이다. (중략)

그 나이에 대학을 졸업한 시골에서는 흔치않은 엘리트이면서도 어디에도 나서지 않는, 시골에서 말하는 소위 유지행세를 하지 않는 그가 나는 좋게 보였다. 자기밖에 모르는 사람이라는 등의 말이 돈다는 것을 모를 리 없을 텐데도 신경 쓰지 않는 것도 좋았다. 사실 티를 내지는 않았지만 생활이 궁핍했다는 것을 나는 잘 알고 있다. 남매를 두었던 그가 아들이 중학교를 들어갈 무렵에 시골수의사 수입으로는 아무래도 자식교육을 마음대로 시킬 수 없다며 의대편입을 심각하게 고민했던 것이다. 물론 불발로 끝났고, 지금은 개업의가 된 그의 아들은 최상위의 성적임에도 불구하고 우리가 살던 동네에 있던 시골고등학교를 가야했다. 어렵게 지방의대를 나와서 서울대병원에서 레지던트를 마친 아들이 그해 레지던트시험에서 전국수석을 한 것은 그의 인생에서 기념비적인 일일 것이다. (중략)

인생을 잡고 물어 볼 수 없을 뿐 아니라, 어디가 시작이고 어디가 끝인지도 모르는 영원한 물음이 내 친구 수의사에게도 예외는 아니었다.

성적이 좋았기에 서울대병원에 남을 수 있었던 아들이, 부모가 있는 고향의 인근도시 종합병원에 근무하기 시작했을 때쯤 그는 위胃의 전부를 들어내는 대수술을 받아야했다. 위암이었던 것이다. 이제 마음 놓고 큰 숨을 한번 쉬려는 순간이었고, 애써 외면만 하던 자신의 꿈에게 말을 걸려는 순간에 모든 것을 걸고 싸워야하는 불행이 덮친 것이다. (중략)

그는 이제 내가 알고 기억하는 예전의 그 수의사가 아니다. 물론 계곡물소리보다도 맑았던 우리의 대화도 더 이상은 없다. 그래도 시간이 허락하는 한 나는 그의 집에 드나들며 같이 밥도 먹고 차도 마시며 울기도 웃기도 한다. 여름 한낮의 숲속 계곡물보다 맑고 청아했던 그 대화들이 사라졌다 해도 옛날은 살아있고, 그러한 한 언제까지나 그는 나의 친구니까. (후략)

— 〈달리 할 말이 없네〉의 일부

〈달리 할 말이 없네〉는 '늙어가는 친구를 보며'라는 부제를 붙이고 있다.

모두에서 저자가 말한 것처럼 '늙어가는 친구'는 수의사로 저자보다 20살이나 많고 시가 쪽 7촌 조카이다. 20살이란 연륜을 초월하여 친구 사이로 격의 없이 평생 동안 말벗이 된다는 것만으로도 범상한 일이 아닐 수 없다. 평생을 통해 서로 상통할 수 있는 벗이 있다는 것이야 말로 더 이상 좋은 일이 아닐 수 없다. 현대는 스마트 폰이나 컴퓨터 등 문명기기를 통해 언제 어디서라도 교신이 활발한 시대이다. 전화번호만으로 수많은 사람들과 연결망을 형성하고 있지만, 흉금을 터놓고 대화를 나눌 수 있는 벗을 찾기란 어려운 시대임을 절감한다. 삶 자체가 정보와 통신의 연결망으로 연결되어 있는 존재이지만, 단 사람의 친구를 갖기가 어렵다. 온갖 지식과 정보를 손쉽게 얻을 수 있지만, 자신의 개인적인 고민과 삶에 대해 흉금을 털어놓고 대화를 나눌 수 있는 사람을 찾기가 어렵다. 소외 노인에게 일용품만이 아닌 대화자가 필요하다. 누구에게나 서로 좋은 인생 멘토(mentor)가 될 수 있는 벗이 있어야만 인생이 훈훈하고 아름다운 삶을 가꿔갈 수 있다.

독자가 수필을 읽는 한 효용성도 글쓴이의 삶의 체험을 통한 인생적인 교훈과 감동을 받아들여 자신의 삶을 유익하게 하려는 의도도 포함돼 있다. 사소한 체험에 불과할지라도 삶을 통한 의미와 가치를 깨달음으로 꽃피워내야만 독자들의 삶에도 어떤 긍정적인 동기와 희망을 전할 수 있다.

홍옥숙 수필가가 20대에 이미 20살이 많은 지식인과 친구가
될 수 있음은 열린 마음과 남다른 사고를 지녔음을 알게 된다.
'늙어가는 친구를 보며'라는 부제를 붙인 것만 보아도, 일생의 벗
으로서의 인간 내면과 삶을 통한 서로간의 인생에 대한 공감과
세월에 따라 늙어감에 따른 모습들을 보면서 느낀 인생 소감을
수채화로 그려낸 듯 보여준다. 친구와 자신과 세월에 따른 풍파를
만나고 생각이 변하기도 한다.

세월이 그냥 흐르지 만은 않았을 게다. 많은 사람들은 기회가
오지 않음을 한탄하면서 내일을 꿈꾸며 지금 이 순간을 놓쳐버린
시간 낭비자가 아니었던가. 지금 이 순간 나는 어디에 서 있으며,
무엇을 하고 있는가? 내가 처하고 있는 시·공간에서 최선을 다하
고 있는가에 대한 자문자답(自問自答)은 삶의 깨달음을 얻게 한다.

지금 이 순간 숨 쉬는 것만으로도 얼마나 다행한 일이며, 남을
돕는 것만큼 소중한 일도 없다. 인간이 영원을 얻을 수 있는 지혜
는 '지금 이 순간'을 삶의 의미로 만드는 일이다. 지금 이 순간
삶의 진실을 꽃피워 내는 일이다.

3.

홍옥숙 수필가의 작품들에선 자신이 생활에 매달려 있었던
시·공간을 자신이 감당해야 할 가장 소중한 임무의 기간임을

인식하고, 이제야 글쓰기를 맞아들인 셈이다. 그는 지금 마음 한 복판에 정신의 촛불을 켜놓고 경건한 자세로 펜을 들고 있다. 지나간 삶의 모습과 시간의 모래밭에서 삶의 의미로 반짝거리는 금싸라기들을 주워 모아 인생이라는 금목걸이를 만들어 보려고 한다. 한 알의 금싸라기는 곧 한 편씩의 수필 작품이다. 한 알의 금싸라기 속에선 눈부심과 반짝거림도 있지만, 바람과 폭풍우도 있고, 고독과 침묵도 깃들어 있다. 세월에 늙어감과 흐르는 시간 속에서의 사유가 있고, 삶의 순리도 보인다. 〈달리 할 말이 없네〉는 말로선 표현할 수 없는 무상과 그 동안의 삶에 대한 속 깊은 토로가 아닐 수 없다. 모든 일에 속속들이 반응하거나 변명하고 싶지도 않으며, 담담하게 새로운 길을 가겠다는 의지를 반영하고 있음도 보인다. 이번에 내 놓은 작품들이 빼어난 수작들로만 구색을 갖춘 것이 아니라 할지라도, 첨예한 눈빛으로 작가의 자리로 돌아가 본연의 길을 가려는 개척과 탐구심을 보여주고 있음이 반갑다.

나이든 사람에게는 누구나의 가슴에 빨간 우체통과 편지에 관한 추억이 있다. 밤잠을 설치며 몇 번이고 고쳐 쓴 편지를 우체통에 넣던 일, 집배원을 기다리며 하릴없이 마당을 서성이던 시절이 있었던 것이다. 이모티콘을 써가며 카카오 톡을 날리는 요즈음이 싫지는 않지만 한 템포 느리던 그때가 그리움으로 안기는 것은 아마 나이 탓인가 한다. 모든 것은 변하는 것, 앞으로의 세상 또한 변하겠지만 온갖 일 다 겪고 사는 사람의 한 살이는 영원히 변함없을 터이다.

128년 전, 그러니까 1884년(고종21년) 4월22일 우정총국이라는 이름으로 통신 업무를 시작했다는 우체국, (그래서 4월22일이 정보통신의 날이다.)

우체국에 오면 오직 나만이 알 수 있는 또 하나의 세월이 있는데, 그것은 흘러간 아버지의 세월이다. 딱풀에 밀려 활용도가 낮아진 일명 물풀인 스펀지풀이 아직도 우체국에서는 쓰이고 있는 것이다.

스펀지풀은 아버지의 특허였다. 그 시절 압침 공장을 하며 문방구용품에 관심을 가지셨던 아버지는, 그때까지 깡통에 담겨서 손가락으로 찍어 쓰던 풀을 플라스틱 병에 담아서 스펀지를 붙여, 손을 사용하지 않아도 되는 획기적인 상품을 세상에 내어놓으신 것이다. 발명가였지만 사업가는 아니었던 아버지, 가내공업 수준이었던 공장으로는 엄청난 수요를 감당할 수 없었기에 논 있고 힘 있는 사람들의 배신과 모멸을 그대로 견디며 안타깝게 사시는 것을 곁에서 지켜보았었다. 아버지는 좋은 사람이었다. 비록 부와 명예를 누리지는 못했지만 돌이켜 생각해보면 잘 사신 것이고 나는 아버지의 딸로 족하다. 95세까지 감기한번 앓지 않으시던 아버지가 지금은 병상에 계시지만 모르긴 해도 주무시듯 편히 돌아가시리라 믿는다. 그래야 세상은 공평하고 살만한 곳일 것이기 때문에.

아버지가 만드신 스펀지풀로 마무리하여 울산에 있는 아들에게 등기우편을 부친다.

　그 옛날 내가 아버지를 떠나왔듯 아들도 이제 내 품을 떠난 세월, 그리고 청마와 정운의 그 세월이 우체국 창가의 어딘가에 머물고 있는 것만 같아서 쉬이 발걸음을 돌리지 못하겠다.

　나는 자꾸만 서성거린다.

— 〈우체국 창가에서〉의 일부

우체국을 지나가거나 빨간 우체통을 보면 가슴이 설레던 시절이 있었다. 전자 정보화 시대가 되기 전에는 소식을 전하는 수단으로써 편지를 떠올리지 않을 수 없다. 아날로그시대의 상징물이기도 하지만, 육필 편지 속엔 인간의 체취와 마음과 생각까지 묻어 있어서, 한 장의 편지를 주고받기 위해 밤잠을 설치기 예사였다.

〈우체국 창가에서〉는 작가와 아버지, 아들— 삼대를 잇는 추억과 사랑의 체취가 묻어나는 글이다. 특히 '우체국에 오면 나만이 알 수 있는 또 하나의 세월이 있는데, 그것은 흘러간 아버지의 세월이다.'는 구절이 예사롭지 않다. 지금 누구나 애용하고 있는 스펀지풀을 작가의 아버지가 발명하여 시판하게 되었다는 사실 때문이고, 우체국에 와서 95세의 아버지의 삶을 추억하면서 울산에 있는 아들에게 등기우편을 보내는 어머니의 심정을 섬세하게 담아내고 있다. 이 수필은 디지털시대에 아날로그 세대가 느끼는 감성과 아련한 추억을 되살려주는 한 통의 육필 편지를 읽는 듯한 서정수필이다.

4.

비 오는 아침나절, 나를 위한 차 한 잔을 준비한다.

물을 끓이고, 마음에 드는 찻잔을 고르고, 하얀 받침까지 챙겨진 한 잔의 차를 투명한 유리탁자위에 놓는다.

어제 밤늦게 시작한 비는 그칠 줄 모르는데, 따뜻한 김이 피어나는 차와 창가에 흐르는 비, 그리고 새들이 숨어버린 비에 젖어 적막한 숲을 바라보며 나와 만나는 시간을 가지는 것, 이것은 끝도 없이 떠도는 마음을 여기 한 잔의 차에 머물게 하는 것과 다르지 않음이어라. 이 시간이 주는 더할 수 없는 충족함과 평온함을 영원이라는 말에 실어 언제까지고 나의 곁에 머물게 하고만 싶다.

따뜻한 찻잔을 두 손으로 감싼다.

창 너머로 보이는 풍경들이 익숙한 듯도 하지만 어쩐지 생소하다.

거의 같은 시간대에 반복하는 일이라 익숙한 것은 알겠는데, 어딘지 먼 곳을 혼자 걷다가 잠깐 창가에 앉은 것 같은 이 생소함의 정체는 무엇인지…

구태여 표현하자면 물방울로 가득 채워진 그림을 화랑에 홀로 서서 바라보고 있는 나를, 또 다른 내가 바라보고 있는 느낌 같다고나할까.

차 한 모금을 마시며 자꾸만 사무친다.

그림 앞에 서있는 나는 지금 무슨 생각을 할 것인가.

아마도 그냥 물방울이고 싶다. 긴 강줄기 속에 한 방울의 물로 떨어져 흐르고 싶다. 그럴 수 있다면…… 그래도 된다면…… 그림을 보고 서있는 그 자리에서 그대로 아무 흔적도 없이……

어떤 이름, 어떤 허울이 필요할까보냐. 너와 나는 모두 바람이어라.

이 세상의 인연들은 모두 곱게 피었던 한 송이 연꽃이었나니 나는 그 연꽃 만나고가는 바람이리라.

모든 목숨은 물 같은 그리움이거나
빈집을 흐르는 울림이거나
상처의 흔적이거나
— 정한용 〈적멸〉 중에서

아무 것도 모른다는 사실을 우리는 알기나하는 걸까? 진정으로 우리가 알아야할 단 한 가지는 아무것도 모른다는 사실일 것이라는 생각이 이 순간 찻잔 속에 머문다.

비는 계속내리고

다 마시지 못한 찻잔은 내 인생처럼 식어가고 있다.

- 〈차 한 잔을 앞에 두고〉

〈차 한 잔을 앞에 두고〉는 작가의 정갈한 사유와 만날 수 있는 작품이다. 이 작품에서 작가의 마음의 경지를 들여다보게 한다. 좋은 수필에선 먼저 맑고 깨끗한 마음이 비춰 보이는 법이다. 마음 한 가운데에 차 한 잔을 놓고 자신과 대화를 나누는 시간이 보인다. 수필의 경지란 곧 마음의 경지이다. 마음의 여백에 여운이 있다.

홍옥숙 수필가의 수필의 내면엔 불교 사상이 자리 잡고 있다. 수필을 쓰지 않고 지내던 동안 전국 각지의 선방(禪房)을 찾아 수도하기를 게을리 하지 않았음을 필자에게 들려주기도 했다. 그 동안 수필쓰기를 하지 않았지만, 그냥 허탕으로 지낸 것은 아니란 말이기도 하다. 수필을 잘 쓰기 위한 준비 작업으로 마음 닦기 공부를 하였다는 뜻이다. 마음의 연마는 곧 수필의 연마와 상통한다. 마음에 묻은 욕망과 이기심이란 때를 벗겨내고, 성냄이란 얼룩을 비워내고, 어리석음이란 먼지를 씻어내야 마음이 맑아진다. 마음이 맑아야 문장에서도 향기가 나는 법이다. 홍옥숙 수필가는 참선과 명상으로 마음의 연마를 계속해온 것을 알 수 있다. 수필 쓰기도 인생에 대한 깨달음을 형상화하기 위한 일이지 않는가.

그는 마음 수행과 마음공부로 보다 성숙한 모습으로 수필문단에 돌아왔음을 느끼게 한다.

우리가족들은 모두 노래를 잘한다. 친가 외가를 비롯하여 그 자손들까지, 그러니까 집안내력인 것이다.

젊은 날의 아버지는 가수가 되려고 전국을 떠돈 경험이 있고, 엄마는 시집온 날 시댁식구들의 강요에 떠밀려 '뽕따러가세'라는 노래를 불렀는데 지켜보던 이들이 뒤로 넘어갈 정도의 꾀꼬리였다고 한다. 또, 든든한 오빠의 후원으로 가수가 되려고 서울로 갔던 고모는 꿈도 이루지 못한 채 교통사고로 생을 마감하니 꽃 같은 나이20살 때였다.

세상사 어떤 것이 끝 있는 이야기가 있을까마는 우리 집안의 노래에 얽힌 사연보따리도 풀려고 들면 끝이 없을 것 같다. 하나같이 악착같은 면은 한군데도 없는 물러터진 성품에, 하나같이 가무歌舞에 소질을 가진, 옛말로는 광대요 요즈음말로는 연예인의 기질이 있는 것이다. (중략)

어느 날, 삼촌쯤으로 불러야 마땅할 것 같은 이가 나타나더니 오빠라고 했는데, 할머니 장조카의 아들이었던 것이다. 그날부터 오빠는 공장을 하던 우리 집의 일을 거들며 우리와 함께 살았다. 내가 중학생이었을 때다.

결코 미남이라고는 할 수 없지만 백만 불짜리 미소를 날리며 열심히 일만하던 오빠, 그렇지만 사실은 자신의 이름으로 취입한 '보리밭'이라는 노래가 있을 뿐 아니라 처녀 팬들 때문에 몸살을 앓을 정도로 잘나갔던 방송국의 전속가수였다. 당연히 가장 끈질긴 처녀와 결혼하여 자식 셋을 둔 가장이었는데, 역시 가수이면서 밤무대에서 연주가로 일하던 동생이 간경화로 사망하는 일을 겪은 후 노래와 연을 끊기로 작정한 것이었다.

(중략)

　그렇게 오랜 시간이 흐른 후, 아버지의 구순잔치를 앞두고 내가 오빠를 찾기로 했다. 어렵게 연락이 닿았으나 무척 반가워하면서도 만나기를 망설이는 그의 집을 수소문하여 찾아갔던 나는, 그 비참함에 말을 잃을 지경이었다. 한겨울인데도 집안에 온기라고는 없이 손바닥만 한 전기장판이 보일뿐이었고, 서서히 마비증세가 왔다고 하는 몸의 상태는 지팡이에 의지해서 가까스로 움직이고 있었던 것이다. 성치 않은 몸에 온기마저 없는 방을 결코 내보이고 싶지 않았을, 최소한의 자존심을 지키고 싶었을 오빠에게 어쩌면 나는 무례를 범했는지도 모른다. 다행인 것은 집을 나간 것으로 알려졌던 올케언니가 함께 있다는 사실이었다. 언니는 나를 보며 부끄러워했고 나는 언니에게 고맙다고 했다.

　그래도 움직일 수 있으니 아버지를 보러가자는 내 설득에 오빠는 옷을 갈아입었다. 썩어도 준치라는 말이 있던가. 비록 지팡이를 짚었지만 모자를 쓴 모습은 아직도 멋쟁이였다. 그날 저녁에 우리는 노래를 불렀다. 하나같이 명창인지라 서로에게 감탄하는 진풍경이 펼쳐졌고, 지팡이를 짚고 일어서서 용환 오빠도 노래를 불렀다.

　무슨 노래였던가?

우리는 울었다. 울 수밖에 없었다. 너무나 아까워서, 너무나 애달파서, 변하지 않은 그 목소리를 감당할 수 없어서 우리는 흐느껴 울었다. (후략)

−〈사람 사는 이야기 · I〉의 일부

〈사람 사는 이야기 · Ⅱ〉는 '용환 오빠'라는 부제를 붙였다. 용환 오빠에 대한 이야기인 것이다. 용환 오빠의 삶과 인생을 노래와 결부시켜 섬세하게 그려냈다. 홍옥숙 수필가는 타고난 노래꾼의 기질이 있어서 노래자랑대회에서도 수상한 적이 있다. 작품의 바탕에 활달한 끼와 리듬이 느껴지며 독특한 맛을 내기도 한다. 그는 자신의 삶뿐만 아니라, 주변 인사들의 삶도 통찰하는 인생 탐구를 통해 삶의 길을 점검하고 있다.

5.

홍옥숙의 수필은 담담한 일상을 통한 삶의 발견과 의미부여, 마음의 정화를 통한 정진, 불교적인 명상법과 깨달음, 노래를 통한 활력과 삶의 리듬이 있다. 독자들에게 자신의 삶과 인생에서 얻은 지혜와 깨달음을 꽃피워내고 있다. 인생의 체취와 삶의 무늬에서 오는 향기와 여운이 있다.

홍옥숙 수필가의 처녀 수필집 상재를 축하한다.